Cân
Di
Bennill

Cân Di Bennill

Casgliad o hoff ganiadau'r Cymry

D. Geraint Lewis
a
Delyth Hopkins Evans

Gomer

Argraffiad cyntaf – 2002
Ail argraffiad – 2007
Trydydd argraffiad – 2013

ISBN 978 1 84323 859 1

Dymuna'r cyhoeddwyr gydnabod cymorth Cyngor Llyfrau Cymru.

Argraffwyd yng Nghymru gan
Wasg Gomer, Llandysul, Ceredigion

Cyflwynedig i
Gôr Glannau Ystwyth a'i arweinyddes

Cerddi Cymru sydd yn byw
Trwy'r blynyddau yn ein clyw:
Sibrwd ein halawon gynt
Mae cwynfannau trwm y gwynt:
Dwyn yn ôl lais mam a thad
Mae hen donau pur ein gwlad.

Ceiriog

Rhagair

Un o'r pethau a roes gychwyn ar feddwl am y casgliad hwn oedd sylweddoli nad oedd yr un casgliad o alawon Cymreig yn cyfuno hwiangerddi megis 'Hen Fenyw Fach Cydweli', alawon telyn gwreiddiol megis 'Dafydd y Garreg Wen' yr ysgrifennwyd y geiriau Cymraeg iddyn nhw yn y bedwaredd ganrif ar bymtheg gan feirdd megis Ceiriog a Talhaiarn, caneuon morwrol, gwerinol eu naws, megis 'Fflat Huw Puw' y mae'r diolch yn bennaf i J. Glyn Davies amdanynt ac yna'r caneuon gwerin gwreiddiol, hynafol – rhai fel 'Aderyn Du a'i Blufyn Sidan'. At y rhain gellir ychwanegu caneuon poblogaidd yr Urdd a gysylltir â hwyl a sbri y gwersyll, llu o alawon a ddefnyddir yn ein dawnsio gwerin ac yna'r cerrig sylfaen o alawon traddodiadol y gosodir geiriau Cerdd Dant arnynt; mae'r alawon a'r caneuon hyn yn adnabyddus bob un, ond heb fod y pethau rhwyddaf yn y byd i ddod o hyd iddynt. Er bod y rhestr yn ymddangos yn faith, nid wyf wedi cynnwys yr alawon traddodiadol sydd wedi dod o emyn-donau adnabyddus, na'r baledi niferus, nac ychwaith – heblaw am ychydig eithriadau – y caneuon cyfansoddedig megis 'Myfanwy' a chaneuon Dafydd Iwan a cherddorion cyfoes sydd mor agos at y caneuon a gynhwysir o ran cymeriad a mynegiant. Gyfoethoced yw ein treftadaeth yn y maes hwn! Dyma fwrw ati felly i gasglu'r caneuon amlycaf ond, wrth wneud hynny, cefais fod gwahanol fersiynau o rai caneuon, bod eraill heb gerddoriaeth o gwbl, a bod fersiynau ysgrifenedig eraill wedyn heb fod yn cyfateb i'r hyn a glywswn yn cael ei ganu – fel y gellid ei ddisgwyl mewn traddodiad llafar byw.

Wrth fynd trwy bapurau fy rhieni-yng-nghyfraith, deuthum ar draws llu o raglenni Cymanfaoedd Canu wedi'u hargraffu gan Awdurdod Addysg Sir Aberteifi, lle'r oedd plant ysgolion Ceredigion yn dod ynghyd i gyd-ganu amrywiaeth o ganeuon gwerin ac emynau, ac yr oedd Delyth fy ngwraig yn un o'r plant a fynychai'r cymanfaoedd hyn. Bu hi hefyd yn aelod o staff yr Urdd gan fynychu gwersylloedd a chyrsiau, a dyna ffynhonnell casgliad arall o ganeuon sydd erbyn hyn yn rhan o'n hetifeddiaeth, sef caneuon gwersyll, er efallai nad yw'r alawon bob tro yn wreiddiol Gymreig. Buom ein dau yn aelodau o Barti Dawns Aelwyd Aberystwyth, ac er nad oeddem mor ymwybodol ohonynt ar y pryd, clywsom lawer o alawon traddodiadol wrth ddawnsio i'w cyfeiliant.

Y canlyniad yw casgliad o ganeuon traddodiadol sydd efallai'n adlewyrchu cyfnod arbennig ond sydd hefyd yn cynnwys y darnau mwyaf adnabyddus o'n traddodiad hir a chyfoethog o ganu Cymraeg. Ond un peth oedd casglu'r alawon; yr oedd angen cyfeiliant i'r alawon, cyfeiliant a fyddai'n cynnal cymeriad arbennig yr alaw ond eto a fyddai'n ddigon syml i fod o fewn cyrraedd y mwyafrif. A dyna lle bûm yn ddigon ffodus i daro ar Delyth Hopkins Evans. Mae hi'n gerddor adnabyddus, yn arweinydd corau, yn enillydd y Ruban Glas yn yr Eisteddfod Genedlaethol, yn athrawes gerdd, yn hyfforddwraig cerddorion ac yn gyfarwydd iawn â gwaith cerdd ysgolion ledled Cymru. Fe aeth ati'n ddiymdroi i lunio 160 o gyfeiliannau a'r rheiny'n taro'r union gywair yr oeddwn yn gobeithio amdano, gan gynnig yn ogystal gyngor a sylwadau yr oeddwn yn falch iawn o'u derbyn. Braf yw nodi bod y ddwy Delyth yn rhannu'r un traddodiad o ganu gwerin Sir Aberteifi, ac ni fyddai'r gyfrol hon wedi dod i fodolaeth heb gyfraniad y naill a'r llall fel ei gilydd.

Hoffwn hefyd ddiolch o galon i Wasg Gomer am eu holl waith manwl wrth lywio'r gyfrol hon drwy'r wasg.

D. Geraint Lewis

Aderyn Du a'i Blufyn Sidan

trfn. Delyth Hopkins Evans

1. Aderyn du a'i blufyn sidan,
   A'i big aur a'i dafod arian,
   A ei di drosta'i i Gydweli,
   I holi hynt yr un rwy'n garu?

2. Un, dou, tri pheth sy'n anodd i mi
   Yw cyfri'r sêr pan fydd hi'n rhewi,
   A doti'n llaw i dwtsh â'r lleuad,
   A deall meddwl f'annwyl gariad.

Yr oedd 'anfon llatai' yn hen, hen draddodiad, lle y byddai'r bardd yn gofyn i aderyn (neu anifail arall) fynd â neges serch at ei gariad.

Ap Siencyn

trfn. Delyth Hopkins Evans

Yn byw bu Ap Siencyn, hen lencyn o'r wlad,
  Mor llon ag aderyn ar dyddyn ei dad;
Er cymaint ymdrechodd a saethodd duw serch,
  Ni charodd ei deimlad ymuniad â merch;
Bu gwerth ei geffylau, ei gaeau a'i god
  I lawer bonheddig enethig yn nod,
Ond gwan oedd ei hyder am lawer o les
  Yng nghwmni'r un feinir a brynir gan bres!
Ac felly, Ap Siencyn, heb elyn mewn bod,
  A rannodd i'r truan ei gyfran o'i god;
Os na chafodd flinder neu bleser drwy blant,
  Ceir enw Ap Siencyn tra thelyn a thant.

T. Tudno Jones

Ar Ben Waun Tredeger

trfn. Delyth Hopkins Evans

1. Ar ben waun Tredeger mae eirin a chnau,
   Ar ben waun Tredeger mae 'falau ym mis Mai,
Ar ben waun Tredeger mae ffrwythau o bob rhyw,
   Ar ben waun Tredeger mae 'nghariad i'n byw.

2. Fy nghariad a nodws i wylad y nos,
   Fy nghariad a wetws, do, lawer gair cro's;
Fy nghariad a nodws i edrych yn llon,
   Fy nghariad a dorrws 'y nghalon i bron.

3. Mae heb ei thorri eto, ond mae'n glwyfus iawn o hyd
   Wrth feddwl am y bachgen sy 'mhell dros y byd;
Mae digon o fechgyn yn agos ac ymhell,
   Ond beth dâl am hynny, mae 'nghariad i'n well.

4. Chwi ferched ieuainc hawddgar, na charwch ddim ond un;
   Gochelwch gael eich denu gan grechyn teg ei lun.
Mae cariad fel y moroedd yn chwyddo fyth i'r lan,
   Mae'r ferch sy'n caru'n gywir yn canu clychau'r llan.

Ar Hyd y Nos

trfn. Delyth Hopkins Evan

1. Holl amrantau'r sêr ddywedant
   Ar hyd y nos;
Dyma'r ffordd i fro gogoniant
   Ar hyd y nos.
Golau arall yw tywyllwch
   I arddangos gwir brydferthwch
Teulu'r nefoedd mewn tawelwch
   Ar hyd y nos.

2. O mor siriol gwena seren
   Ar hyd y nos,
I oleuo'i chwaer ddaearen
   Ar hyd y nos.
Nos yw henaint pan ddaw cystudd,
   Ond i harddu dyn a'i hwyrddydd
Rhown ein golau gwan i'n gilydd
   Ar hyd y nos.

Ceiriog

Ar Lan y Môr

trfn. Delyth Hopkins Evans

1. Ar lan y môr mae rhosys cochion,
   Ar lan y môr mae lilis gwynion;
Ar lan y môr mae 'nghariad inne
   Yn cysgu'r nos a chodi'r bore.

2. Ar lan y môr mae carreg wastad
   Lle bûm yn siarad gair â'm cariad;
Oddeutu hon fe dyf y lili
   Ac ambell sbrigyn o rosmari.

3. Ar lan y môr mae cerrig gleision,
   Ar lan y môr mae blodau'r meibion,
Ar lan y môr mae pob rhinwedde,
   Ar lan y môr mae 'nghariad inne.

Bachgen Bach o Dincer

trfn. Delyth Hopkins Evans

1. Bachgen bach o dincer
Yn myned hyd y wlad,
Cario'i becyn ar ei gefn
A gweithio'i waith yn rhad;
Yn ei law roedd haearn
Ac ar ei gefn roedd bocs,
Pwt o getyn yn ei geg,
A than ei drwyn roedd locs.

2. Cydio yn y badell,
Y piser neu'r ystên;
Taro'r haearn yn y tân
A dal i sgwrsio'n glên.
Eistedd yn y gongol,
Un goes ar draws y llall;
Taenu'r sodor gloyw glân
I gywrain guddio'r gwall.

3. Holi hwn ac arall
Ple'r aeth y tincer mwyn,
Gyda'i becyn ar ei gefn
A'i getyn dan ei drwyn.
Bachgen bach o dincer
Ni welir yn y wlad;
Ow, mae'n golled ar ei ôl
I weithio gwaith yn rhad.

Pennill 1: traddodiadol
Penillion 2 a 3: Syr Thomas Parry

Beth Wneir â Merch Benchwiban?

trfn. Delyth Hopkins Evans

1. Beth wneir â merch benchwiban?
   Ffal di ral di ral di rei di ro,
Beth wneir â hen gel druan?
Beth wneir â thaflod heb ddim gwair?
   Ffal di ral di ral,
Beth wneir mewn ffair heb arian?

2. Ewch heibio'r ferch benchwiban,
   Ffal di ral di ral di rei di ro,
A cheirchio'r hen gel druan,
Ceir llosgi taflod heb ddim gwair,
   Ffal di ral di ral,
A gochel ffair heb arian.

3. Beth wneir â stên heb waelod?
   Ffal di ral di ral di rei di ro,
Beth wneir â chath heb lygod?
Beth wneir â'r mes heb ddim o'r moch?
   Ffal di ral di ral,
Beth wneir â chloch heb dafod?

4. Ni ddeil ystên ddiwaelod,
   Ffal di ral di ral di rei di ro,
Ceir boddi cath heb lygod,
A phlannu mes os na fydd moch,
   Ffal di ral di ral,
A chrogi cloch heb dafod.

5. Beth wneir â llencyn diog?
   Ffal di ral di ral di rei di ro,
Beth wneir â'r ddafad gorniog?
Beth wneir â bwa heb un saeth?
   Ffal di ral di ral,
Beth wneir â llaeth heb gunnog?

6. Ceir deffro llencyn diog,
   Ffal di ral di ral di rei di ro,
A chneifio'r ddafad gorniog,
Ceir torri'r bwa heb un saeth,
   Ffal di ral di ral,
Ac yfed llaeth heb gunnog.

Beth yw'r Haf i Mi?

trfn. Delyth Hopkins Evans

1. Beth yw'r haf i mi?
   Dim ond gaea' llwm a dagrau'n lli'.
Er pan gollais di,
   Nid yw hirddydd haf yn ddim i mi.
Gariad bach, er cilio'n ffôl,
   Dwed a ddoi di eto'n ôl.
Nid yw'r haf i mi'n
   Ddim ond hirlwm er pan gollais di.

2. Trist yw'r galon fach
   Pan fo cwyn y gwynt ym mrigau'r coed.
Wedi'r canu'n iach,
   Rwyf yn disgwyl clywed sŵn dy droed.
Gariad bach, er crwydro 'mhell,
   Tyrd yn ôl i gyfarch gwell.
Trist yw'r galon fach,
   Ni bu hiraeth mwy ar neb erioed.

3. Beth yw'r haf i mi
   Os yw'r fron yn glaf o dan ei chlwy'?
Beth yw'r haf i mi
   Os yw'r galon fach ar dorri'n ddwy?
Gariad bach, er cilio'n ffôl,
   Dwed y doi di eto'n ôl,
Yna bydd i ni hyfryd haf
   A dyddiau dedwydd mwy.

Pennill 1: traddodiadol
Penillion 2 a 3: Syr Thomas a'r
Fonesig Amy Parry-Williams

Bing Bong

trfn. Delyth Hopkins Evans

Maen nhw'n dwedyd ac yn sôn
'Mod i'n caru yn sir Fôn,
Minnau sydd yn caru'n ffyddlon
Dros y bont yn sir Gaernarfon.

Cytgan
Bing bong a-bing bong be,
Bing bong a-bing bong be,
Bing bong a-bing bong be,
Bing bong a-bing bong be.

Dau gi bach yn mynd i'r coed,
Esgid newydd am bob troed;
Dau gi bach yn dŵad adre
Wedi colli un o'u sgidie.

Cytgan

Nant y mynydd groyw, loyw,
Yn ymdroelli tua'r pant;
Rhwng y brwyn yn sisial ganu –
O! na bawn i fel y nant.

Cytgan

(Ceiriog)

Dos oddi yma'r milgi main,
Ti a'th siort sy'n magu chwain;
Minnau sydd yn fachgen lysti
Yn cicio'r chwain i droed y gwely.

Cytgan

Ble Mae Daniel?

trfn. Delyth Hopkins Evans

Ble mae Daniel? Ble mae Daniel?
   Yn ffau'r llewod. Yn ffau'r llewod.
Am beth? Am beth?
   Am iddo beidio addoli'r ddelw.

Tôn gron; ceir hanes Daniel yn Llyfr Daniel yn y Beibl.

Ble’r Ei Di?

trfn. Delyth Hopkins Evans

1. “Ble’r ei di, ble’r ei di, yr hen dderyn bach?”
   “I nythu fry ar y goeden.”
   “Pa mor uchel yw y pren?”
   “Wel dacw fo uwchben.”
   “O mi syrthi, yr hen dderyn bach.”

2. ‘Ble’r ei di, ble’r ei di, yr hen dderyn bach?”
   “I rywle i dorri fy nghalon.”
   “Pam yr ei di ’ffwrdd yn syth?”
   “Plant drwg fu’n tynnu’r nyth.”
   “O, drueni, yr hen dderyn bach.”

Ble'r Wyt Ti'n Myned?

trfn. Delyth Hopkins Evans

1. “Ble’r wyt ti’n myned, fy morwyn ffein i?”
“Myned i odro, O syr,” mynte hi.

Cytgan
O’r ddwy foch goch, a’r ddau lygad du,
Draw wrth droed y mynydd y gwelais hi.

2. “A gaf fi ddod gyda thi, fy morwyn ffein i?”
“Cewch os dewiswch, O syr,” mynte hi.

Cytgan

3. “A gaf fi un gusan, fy morwyn ffein i?”
“Beth ydy hwnnw, O syr?” mynte hi.

Cytgan

4. “A gaf dy briodi, fy morwyn ffein i?’
“Os bydd Mam yn fodlon, O syr,” mynte hi.

Cytgan

5. “Beth yw dy waddol, fy morwyn ffein i?”
“Cymaint ag a welwch, O syr,” mynte hi.

Cytgan

6. “Yna ni’th briodaf, fy morwyn ffein i.”
“Ni ofynnais i chi, O syr,” mynte hi.

Cytgan

Bonheddwr Mawr o'r Bala

trfn. Delyth Hopkins Evans
Addaswyd o gytgan gan M. von Weber

1. Bonheddwr mawr o'r Bala
Rhyw ddiwrnod aeth i hela
Ar gaseg denau ddu,
Ar gaseg denau ddu.

Cytgan
Ha! ha! ha! ha! ha!
Ha! ha! ha! ha! ha!
Ar gaseg denau ddu.

2. Carlamodd yr hen gaseg
O naw o'r gloch tan ddeuddeg,
Heb unwaith codi pry',
Heb unwaith codi pry'.

Cytgan

3. O'r diwedd cododd lwynog
Yn ymyl tŷ cymydog,
A'r corn a roddodd floedd,
A'r corn a roddodd floedd.

Cytgan

4. Yr holl fytheid redasant
A'r llwynog coch ddaliasant,
Ond ci rhyw ffermwr oedd,
Ond ci rhyw ffermwr oedd.

Cytgan

5. Wrth fynd yn ôl o'r hela
Daeth y bonheddwr tila
I groesi hen bont bren,
I groesi hen bont bren.

Cytgan

6. Ond 'chana'i ddim ychwaneg,
Fe syrthiodd efo'i gaseg
I'r afon tros ei ben,
I'r afon tros ei ben.

Ceiriog

Breuddwyd y Frenhines

trfn. Delyth Hopkins Evans

1. Breuddwyd y frenhines oedd gweld ei hun yn dlawd,
 Mewn bwthyn lle'r oedd gwên ei mam, ei thad a'i brawd.
Glân oedd yr ystafell a'i thân oedd ar y llawr,
 Ond nid oedd yno boen, na blinder ennyd awr.
Plant a ganent wrth y drws ganiadau'r pentref llon,
 Ac fel y teimlai ryw lawenydd newydd dan ei bron,
Ymddeffro ddarfu'r brenin a hithau deffro gadd,
 Breuddwydio'r oedd efe fod rhywun am ei ladd.

2. Breuddwyd dynes arall, a oedd dylawd yn wir,
 Oedd gweld ei hun trwy'i hun yn aeres môr a thir.
Llawn oedd ei hystafell o arian ac o aur,
 Tra coron ar ei phen o fil o berlau aur.
Pwy oedd debyg iddi hi, mor hardd o bryd a gwedd?
 A hi ymchwyddai pan yn edrych ar ei swyddol sedd.
A'i gŵr ddeffrôdd o'r diwedd gan ddwedyd wrthi: "Siân!
 Rhaid iti godi 'nawr, mae'n amser cynnau'r tân."

Ceiriog

Bugail Aberdyfi

Idris Lewis
trfn. Delyth Hopkins Evans

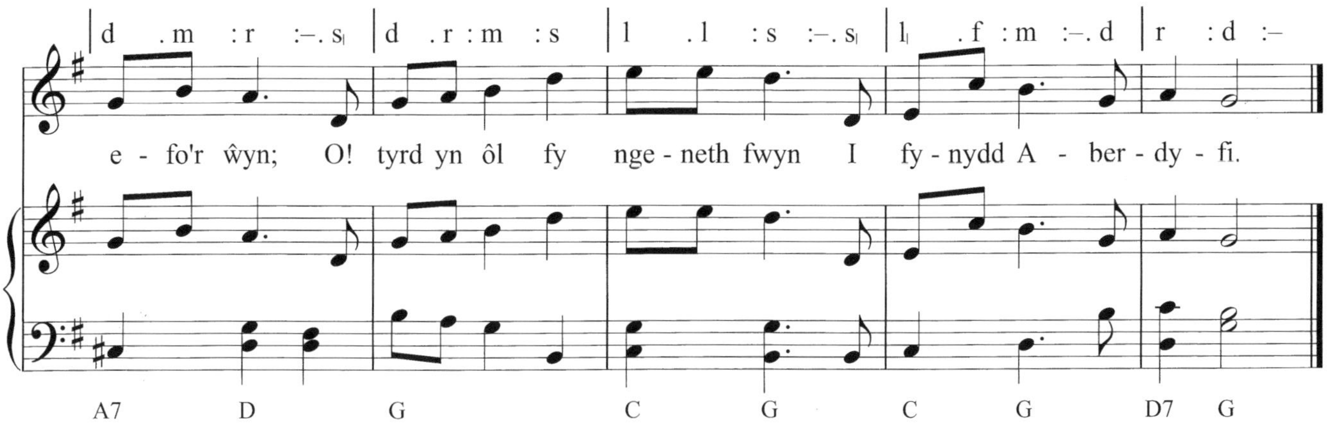

1. Mi geisiaf eto ganu cân
   I'th gael di'n ôl, fy ngeneth lân,
I'r gadair siglo ger y tân
   Ar fynydd Aberdyfi.
Paham, fy ngeneth hoff, paham,
   Gadewaist fi a'th blant di-nam?
Mae Arthur bach yn galw'i fam
   A'i galon bron â thorri.
Mae'r ddau oen llywaeth yn y llwyn,
   A'r plant yn chwarae efo'r ŵyn;
O! tyrd yn ôl fy ngeneth fwyn
   I fynydd Aberdyfi.

2. Nosweithiau hirion niwlog du
   Y sydd o'm blaen, fy ngeneth gu,
O! agor eto ddrws y tŷ
   Ar fynydd Aberdyfi.
O! na chaet glywed gweddi dlos
   Dy Arthur bach cyn cysgu'r nos,
A'i ruddiau bychain fel y rhos,
   Yn wylo am ei fami.
Gormesaist lawer arnaf, Men,
   Gormesais innau – dyna ben;
O! tyrd yn ôl fy ngeneth wen
   I fynydd Aberdyfi.

3. Fel hyn y ceisiaf ganu cân
   I'th gael di'n ôl, fy ngeneth lân,
I eistedd eto ger y tân
   Ar fynydd Aberdyfi.
Rwy'n cofio'th lais yn canu'n iach –
   Ond fedri di, na neb o'th ach,
Ddiystyrru gweddi plentyn bach
   Ag eisiau gweld ei fami.
Rhyw chwarae plant oedd dweud "Ffarwél!"
   Cyd-faddau wnawn, a dyna'r fel;
Tyrd dithau'n ôl, fy ngeneth ddel,
   I fynydd Aberdyfi.

Ceiriog

Bugeilio'r Gwenith Gwyn

trfn. Delyth Hopkins Evans

1. Mi sydd fachgen ieuanc ffôl
   Yn byw yn ôl fy ffansi,
Myfi'n bugeilio'r gwenith gwyn
   Ac arall yn ei fedi;
Pam na ddeui ar fy ôl
   Ryw ddydd ar ôl ei gilydd?
Gwaith rwy'n dy weld, y feinir fach,
   Yn lanach, lanach beunydd.

2. Glanach, glanach wyt bob dydd,
   Neu fi sy â'm ffydd yn ffolach;
Er mwyn y gŵr a wnaeth dy wedd,
   Gwna im drugaredd bellach.
Cwyd dy ben, gwêl acw draw,
   Rho imi'th law, Gwen dirion,
Gwaith yn dy fynwes bert ei thro
   Mae allwedd clo fy nghalon.

3. Tra bo dŵr y môr yn hallt,
   A thra bo 'ngwallt yn tyfu,
A thra bo hiraeth dan fy mron
   Mi fydda i'n ffyddlon iti.
Dywed imi'r gwir dan gêl
   A rho dan sêl d'atebion,
P'un ai myfi neu arall, Gwen,
   Sydd orau gen dy galon?

Yn draddodiadol, cân a gyfansoddwyd gan Wil Hopcyn ar gyfer ei gariad Ann Thomas, 'Y Ferch o Gefn Ydfa'.

Bwmba

trfn. Delyth Hopkins Evans

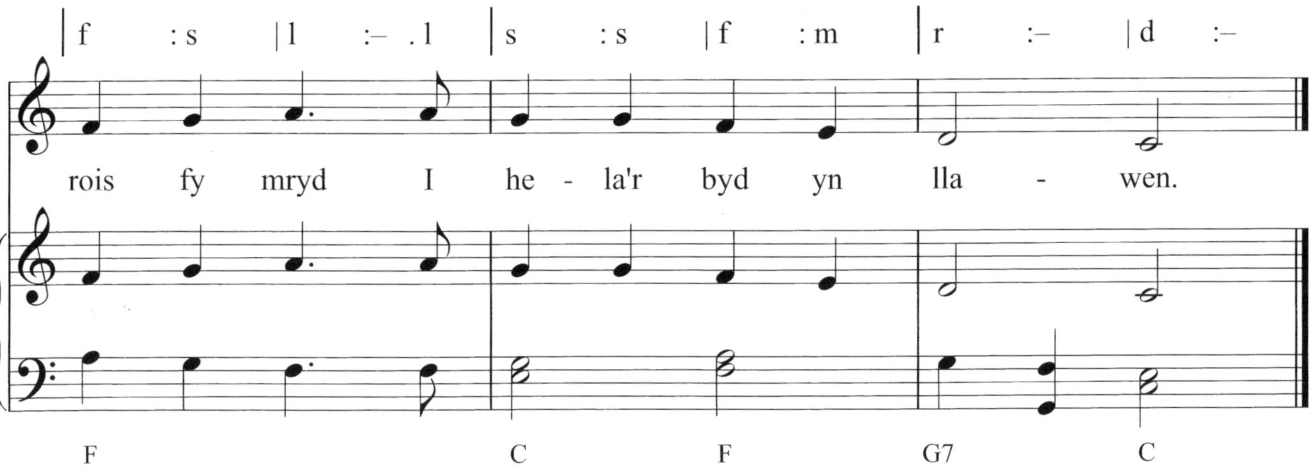

1. Pan oeddwn gynt yn fachgen,
   Bwmba bwmba bwmba didl dei,
   Heb feddwl fawr nag amgen,
   Ar ferched glân mi rois fy mryd
   I hela'r byd yn llawen.
   Bwmba bwmba bwmba didl dei,
   Bwmba bwmba bei bo,
   Ar ferched glân mi rois fy mryd
   I hela'r byd yn llawen.

2. Ni fedrai wau na gwnïo,
   Bwmba bwmba bwmba didl dei,
   Na golchi'n lân na smwddio,
   Ni roddai glwtyn ar fy mritsh,
   Mi haeddai'r witsh ei chicio.
   Bwmba bwmba bwmba didl dei,
   Bwmba bwmba bei bo,
   Ni roddai glwtyn ar fy mritsh,
   Mi haeddai'r witsh ei chicio.

3. O'r diwedd mi ddaeth angau,
   Bwmba bwmba bwmba didl dei,
   Ymaflodd yn ei sodlau,
   A dyna fel aeth y witsh o'r byd,
   A dyna i gyd oedd eisiau.
   Bwmba bwmba bwmba didl dei,
   Bwmba bwmba bei bo,
   A dyna fel aeth y witsh o'r byd,
   A dyna i gyd oedd eisiau.

Cader Idris

John Parry
trfn. Delyth Hopkins Evans

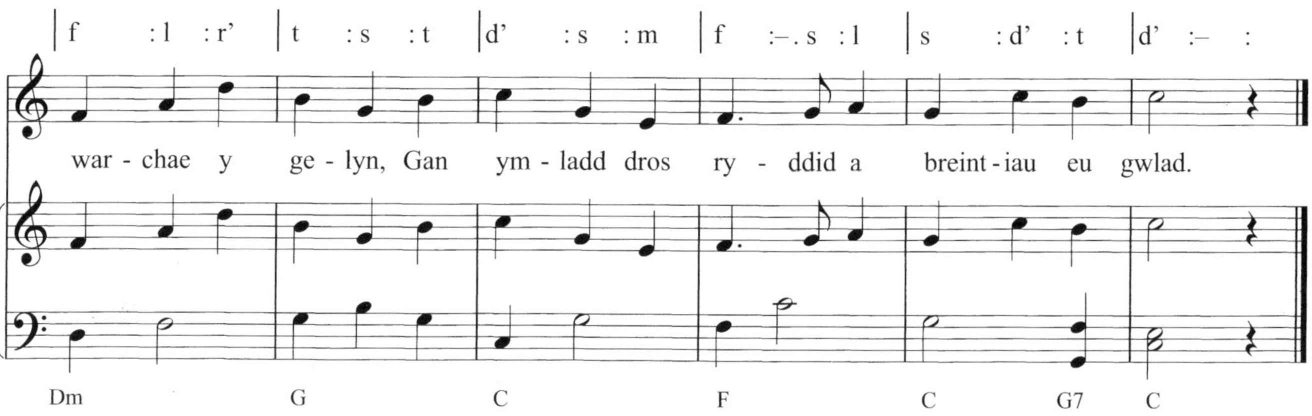

1. Gogoniant i Gymru, anwylwlad fy nhadau,
   Pe medrwn, mawrygwn dy fawredd a'th fri:
   Mae'r Awen yn caru dy wedd a'th rinweddau,
   Hoff famaeth athrylith a dewrder wyt ti.
   Bu amser pan hoffai tywysogion dy delyn,
   A'i sain a gyffroai wrolion y gad
   I ruthro'n ddisymwth ar warchae y gelyn,
   Gan ymladd dros ryddid a breintiau eu gwlad.

2. Fy henwlad fendigaid, mae anian yn urddo
   Pob mynydd a dyffryn, pob clogwyn a glyn.
   Ac ysbryd prydferthwch a'i liw yn goleuo
   Pob afon ac aber, pob llannerch a llyn;
   Gwladgarwch a rhinwedd, bendithiant dy enw,
   Dy feibion a'th ferched a garant dy fri;
   Gorhoffedd dy feirddion yw denu dy sylw,
   Er gwaethaf pob gelyn, eu testun wyt ti.

Talhaiarn

Cadi Ha

trfn. Delyth Hopkins Evans

1. Hwp, ha wen! Cadi Ha, Morus stowt,
   Dros yr uchle'n neidio;
Hwp, dena fo!
   A chynffon buwch a chynffon llo,
   A chynffon Rhisiart Parri'r go';
Hwp, dena fo!

2. Hwp, ha wen! La da li a la da lo,
   Lada ges i fenthyg;
Hwp, dena fo!
   A chynffon ci a chynffon llo,
   A chynffon Rhisiart Parri'r go';
Hwp, dena fo!

Cymeriad yn gysylltiedig â dathlu Calan Mai, pan fyddai dawnswyr yn cludo Cangen Haf o gwmpas yr ardal, oedd Cadi Ha.

Cân Doli

trfn. Delyth Hopkins Evans

1. A welaist, a 'dwaenost ti Doli,
Sy â'i defaid ar ochor Eryri?
Ei llygaid byw llon wnaeth friw dan fy mron;
Melysach na'r diliau yw Doli.

2. Un dyner, un dawel yw Doli,
Mae'n harddach, mae'n lanach na'r lili;
Does enw is nen a swnia'n ddi-sen,
Mor bêr gyda'r delyn na Doli.

3. Ymdrechais wneud popeth i'w boddio,
Mi gesglais ei geifr idd eu godro,
Dan obaith yn llwyr y cawn yn yr hwyr
Gusanau yn dalu gan Doli.

4. Mae'i mynwes mor wynned â'r eira,
Mae'i chalon mor oered, mi wiria';
Ar f'elor ar fyr, fy nghariad a 'ngyr,
O, oered, a deled yw Doli.

5. Tri pheth a dim mwy wy'n ddymuno,
Pob bendith i Doli lle delo,
Cael gweled ei gwedd nes myned i 'medd
A marw yn nwylo fy Noli.

Alun

Cân Sobri

trfn. Delyth Hopkins Evans

1. Dydd Llun, dydd Mawrth, dydd Mercher
   Y bûm i'n gwario f'amser;
Wyddwn i ddim fy mod i ar fai,
   Wyddwn i ddim fy mod i ar fai
Nes daeth dydd Iau, dydd Gwener.

2. Nos Sadwrn yr eis adre
   'Rôl gwario 'mhres bob dime,
A dyna'r croeso ges i gan Siân,
   A dyna'r croeso ges i gan Siân –
Yr efail dân a'r stolie.

3. Wrth weld 'reffeithiau'n dilyn
   O achos 'mod i'n feddwyn,
Mi benderfynais fore Llun,
   Mi benderfynais fore Llun
Nad yfwn i'r un diferyn.

4. Dechreuais weithio 'ngore
   Yn ddiwyd hwyr a bore,
A dyna wnes oedd cadw fy mhres,
   A dyna wnes oedd cadw fy mhres
I dalu rhes o filie.

5. Nos Lun, nos Fawrth, nos Fercher
   Caf groeso gwell o'r hanner,
Ac nid yw'r croeso ddim yn llai,
   Ac nid yw'r croeso ddim yn llai
Pan ddêl nos Iau, nos Wener.

6. Nos Sadwrn byth er hynny
   Rwyf gartre gyda'm teulu,
Ac ar y Sul yng nghwmni y Saint,
   Ac ar y Sul yng nghwmni y Saint
Bydd Siân a minnau'n moli.

Cân y Melinydd

trfn. Delyth Hopkins Evans

1. Mae gen i ebol melyn
   Yn codi'n bedair oed,
A phedair pedol arian
   O dan ei bedwar troed.

Cytgan
Weli di, weli di Mari fach,
Weli di, weli di Mari fach,
Weli di Mari annwyl.

2. Mi neidith ac mi brancith
   O dan y feinir wen,
Mi redith ugain milltir
   Heb dynnu'r ffrwyn o'i ben.

Cytgan

3. Mae gen i drol a cheffyl,
   A merlyn bychan twt,
A deg o ddefaid tewion,
   A mochyn yn y cwt.

Cytgan

4. Mae gen i dŷ cysurus,
   A melin newydd sbon,
A thair o wartheg blithion
   Yn pori ar y fron.

Cytgan

5. Mae gen i gwpwr' cornel
   Yn llawn o lestri te,
A dresel yn y gegin
   A phopeth yn ei le.

Cytgan

Penillion 3–5: Talhaiarn

Clychau Aberdyfi

trfn. Delyth Hopkins Evans

1. Os wyt ti'n fy ngharu i,
   Fel rwyf i'n dy garu di,
Mal un, dau, tri, pedwar, pump, chwech,
   Meddai clychau Aberdyfi.
Un, dau, tri, pedwar, pump, chwech;
   Mal un, dau, tri, pedwar, pump, chwech,
Meddai clychau Aberdyfi.

2. Hoff gan fab yw meddu serch
 Y ferch mae am briodi;
Hoff gen innau ym mhob man,
 Am Morfudd Aberdyfi.
Os wyt ti'n fy ngharu i
 Fel rwyf i'n dy garu di,
Mal un, dau, tri, pedwar, pump, chwech,
 Meddai clychau Aberdyfi.

Talhaiarn

Codiad yr Ehedydd

trfn. Delyth Hopkins Evans

1. Clywch, clywch foreol glod,
O fwyned yw'r defnynnau'n dod
O wynfa lân i lawr.
A'i mân ddefnynnau cân
Aneirif lu ryw dyrfa lân
Ddihangodd gyda'r wawr!
Mud yw'r awel ar y waun,
A brig y grug yn esmwyth grŷn:
Gwrando mae yr aber gain,
Ac yn y brwyn ymguddia'i hun,
Mor nefol swynol ydyw'r sain
Sy'n dod i ddeffro dyn.

2. Cwyd, cwyd ehedydd, cwyd,
O le i le ar adain lwyd,
Yn uwch, yn uwch o hyd.
Cân, cân dy ddernyn cu,
A dos yn nes at lawen lu
Adawodd boen y byd.
Canu mae a'r byd a glyw
Ei alaw lon o uchel le:
Cyfyd hiraeth dynol ryw
Ar ôl ei lais i froydd ne:
Yn nes at Ddydd, yn nes at Dduw,
I fyny fel efe.

Ceiriog

Yn ôl y traddodiad, cyfansoddwyd yr alaw gan y telynor David Owen (Dafydd y Garreg Wen) ar ei ffordd adre o Noson Lawen ar doriad dydd.

Croen y Ddafad Felen

trfn. Delyth Hopkins Evans

1. Croen y ddafad felen
  Tu gwrthwyneb allan,
Troed ymlaen a throed yn ôl
  A throed yn taflu allan;
Croen y ddafad felen
  Dan ddwy bibell glaerwen,
Troed i fyny a throed i lawr
  A throed yn cicio'r nenbren.

2. Croen y ddafad felen,
  Gorwedd ar ei gefen
Crwth a phib a thelyn rawn,
  A'r traed yn gwlwm dolen:
Croen y ddafad felen
  Lle mae lluoedd llawen,
Ysgafn droed ac osgo'r dryw,
  I lamu fel colomen.

3. Croen y ddafad felen
  Pawb yn ôl ei elfen,
Naid yn ôl a naid ymlaen,
  A naid yn ôl drachefen.
Croen y ddafad felen,
  Dawns y noson lawen,
Traed yn gwau fel troad gwynt
  A neidio fel dwy aden.

4. Croen y ddafad felen
  Ddaw â hoen a heulwen,
Pawb a dry ar ysgafn droed,
  A llywio'i gwrs yn llawen:
Croen y ddafad felen,
  Dawns y galon lawen,
Troed yn ôl a throed ymlaen,
  A throed yn cicio'r nenbren.

Llew Tegid

Cwyd dy Galon

trfn. Delyth Hopkins Evans

1. O mae 'nghariad wedi 'ngadael,
Ho, ho, ho, ho, ho, ho, ho!
Ni chaf eto fyth ei chystal,
Ho, ho, ho, ho, ho, ho, ho!
Cwyd dy galon, paid â hito,
Ffol lol, la di ei o,
Ti gei gariad newydd eto,
Ffol lol, la di ei o.

2. Deryn corff ddywedodd imi
Ho, ho, ho, ho, ho, ho, ho!
Y bydd rhywun farw 'leni,
Ho, ho, ho, ho, ho, ho, ho!
Cwyd dy galon, paid â chwynfan,
Ffol lol, la di ei o,
Nid oedd hwnnw ond tylluan,
Ffol lol, la di ei o.

3. Ceiliog yn y nos yn canu,
Ho, ho, ho, ho, ho, ho, ho!
Sydd yn arwydd caf fy nghladdu,
Ho, ho, ho, ho, ho, ho, ho!
Ond cyn hynny trwy drugaredd,
Ffol lol, la di ei o,
Gelli fyw am drigain mlynedd,
Ffol lol, la di ei o.

4. Cefais freuddwyd poenus neithiwr,
Ho, ho, ho, ho, ho, ho, ho!
Daw rhyw anlwc i fy nghyfwr,
Ho, ho, ho, ho, ho, ho, ho!
Cwyd dy galon, oni phrofwyd,
Ffol lol, la di ei o,
Ymhob oes, mai croes yw breuddwyd?
Ffol lol, la di ei o.

Pennill 1: Traddodiadol
Penillion 2–4: Llew Tegid

Cychod Wil Amêr

trfn. Delyth Hopkins Evans

1. Pan ddaw yr haf
Fe baentiwn y cychod,
Paentiwn y cychod,
Paentiwn y cychod,
Pan ddaw yr haf
Fe baentiwn y cychod,
Cychod Wil Amêr.

Cytgan
Pwl bach ar y Lili
A'r hen Felinheli,
Pwl bach ar y Lili
A chychod Wil Amêr.

2. Pan ddaw yr haf
Fe hwyliwn y cychod,
etc.

Cytgan

3. Draw ar y bae
Fe rasiwn y cychod,
etc.

Cytgan

4. Ddiwedd yr haf
Fe 'madwn â'r cychod,
etc.

Cytgan

Cyfri'r Geifr

trfn. Delyth Hopkins Evans

Cytgan
Oes gafr eto?
Oes, heb ei godro;
Ar y creigiau geirwon
Mae'r hen afr yn crwydro.

1. Gafr wen, wen, wen,
   Ie finwen, finwen, finwen,
Foel gynffonwen, foel gynffonwen,
   Ystlys wen a chynffon
Wen, wen, wen.

Cytgan
Oes gafr eto?
etc.

2. Gafr goch, goch, goch,
   Ie fingoch, fingoch, fingoch,
Foel gynffongoch, foel gynffongoch,
   Ystlys goch a chynffon
Goch, goch, goch.

Cytgan
Oes gafr eto?
etc.

3. Gafr ddu, ddu, ddu,
   Ie finddu, finddu, finddu,
Foel gynffonddu, foel gynffonddu,
   Ystlys ddu a chynffon
Ddu, ddu, ddu.

Cysga Di, Fy Mhlentyn Tlws

trfn. Delyth Hopkins Evans

Cysga di, fy mhlentyn tlws,
 Wedi cau a chloi y drws,
Cysga di, fy mhlentyn tlws,
 Cei gysgu tan y bore,
Cei gysgu tan y bore.

Da yw Swllt

trfn. Delyth Hopkins Evans

1. Da yw swllt, da yw swllt,
   Swllt i wella fy mhen;
   Ceiniog i wario, a cheiniog i swagro,
   A deg i fynd adre i Gwen.

2. Da yw deg, da yw deg,
   Deg i wella fy mhen;
   Ceiniog i wario, a cheiniog i swagro,
   Ac wyth i fynd adre i Gwen.

3. Da yw wyth, da yw wyth,
   Wyth i wella fy mhen;
   Ceiniog i wario, a cheiniog i swagro,
   A chwech i fynd adre i Gwen.

4. Da yw chwech, da yw chwech,
   Chwech i wella fy mhen;
   Ceiniog i wario, a cheiniog i swagro,
   A phedair i fynd adre i Gwen.

5. Da yw pedair, da yw pedair,
   Pedair i wella fy mhen;
   Ceiniog i wario, a cheiniog i swagro,
   A dwy i fynd adre i Gwen.

6. Da yw dwy, da yw dwy,
   Dwy i wella fy mhen;
   Ceiniog i wario, a cheiniog i swagro,
   A dim i fynd adre i Gwen.

7. Drwg yw dim, drwg yw dim,
   Dim i wella fy mhen;
   Dim i wario, a dim i swagro,
   A dim i fynd adre i Gwen.

(Cyf.) D. Cledlyn Davies

Dacw Fuwch

trfn. Delyth Hopkins Evans

1. Dacw, dacw fuwch a chanddi gyrne gleision,
Nid am y fuwch rwyf bron â thorri 'nghalon,
Ond am gael y ferch lle rhois i 'mryd a'm serch,
A welais yn ei godro.

2. Dacw, dacw ardd sy'n hardd gan lilis gwynion,
Nid am yr ardd y tyr y bardd ei galon
Ond am gwmni'r fun sy'n rhodio wrthi'i hun
Rhwng llwyni blodau tlysion.

3. Dacw fwthyn gwyn, is ael y bryn yn llechu,
Nid am y tŷ mae 'nghalon yn hiraethu
Ond am y lodes lân sy'n difyr eilio cân,
Wrth olau tân yn nyddu.

4. Dacw'r eglwys wen, O na bai Gwenno yno,
Minnau'n dal ei llaw, a'r person i'n cydieuo;
Mawr, mawr fy mrys, rhown fodrwy am ei bys,
Hyd derfyn oes i gydfydio.

Dacw 'Ngahriad

trfn. Delyth Hopkins Evans

1. Dacw 'nghariad i lawr yn y berllan,
   Tw rym di ro rym di radl idl al.
O na bawn i yno fy hunan,
   Tw rym di ro rym di radl idl al.
Dacw'r tŷ a dacw'r sgubor,
   Dacw ddrws y beudy'n agor,
Ffal di radl idl al, ffal di radl idl al,
   Tw rym di ro rym di radl idl al.

2. Dacw'r delyn, dacw'r tannau,
   Tw rym di ro rym di radl idl al.
Beth wyf gwell heb neb i chwarae?
   Tw rym di ro rym di radl idl al.
Dacw'r feinwen hoenus fanwl,
   Beth wyf nes heb gael ei meddwl?
Ffal di radl idl al, ffal di radl idl al,
   Tw rym di ro rym di radl idl al.

Dacw Mam yn Dŵad

trfn. Delyth Hopkins Evans

1. Dacw Mam yn dŵad
   Ar ben y Gamfa Wen,
Rhywbeth yn ei ffedog
   A phiser ar ei phen;
Y fuwch yn y beudy
   Yn brefu am y llo,
A'r llo'r ochor arall
   Yn chwarae Jim Cro:
Jim Cro Crystyn,
   Wan, tŵ, ffôr;
A'r mochyn bach yn eistedd
   Mor ddel ar y stôl.

2. Dafi bach a finna
   Yn mynd i ffair 'Berdâr,
Dafi'n mofyn ceiliog
   A finnau'n mofyn giâr;
Dafi bach a finna
   Yn mynd i ffair Llannon,
Dafi'n hela dimai
   A finna'n prynu ffon:
Jim Cro Crystyn,
   Wan, tŵ, ffôr;
A'r mochyn bach yn eistedd
   Mor ddel ar y stôl.

3. Shoni brica moni
   Yn berchen buwch a llo,
A gafar fach a mochyn,
   A cheiliog go-go-go;
Ceiliog bach y dandi
   Yn crio trwy y nos,
Eisie benthyg ceiniog
   I brynu gwasgod goch:
Jim Cro Crystyn,
   Wan, tŵ, ffôr;
A'r mochyn bach yn eistedd
   Mor ddel ar y stôl.

Dafydd y Garreg Wen

trfn. Delyth Hopkins Evans

1. "Cariwch," medd Dafydd, "fy nhelyn i mi;
   Ceisiaf cyn marw roi tôn arni hi.
Codwch fy nwylaw i gyrraedd y tant,
   Duw a'ch bendithio, fy ngweddw a'm plant."

2. "Neithiwr mi glywais lais angel fel hyn:
   'Dafydd, tyrd adref a chwarae trwy'r glyn.'
Delyn fy mebyd! Ffarwél i dy dant,
   Duw a'ch bendithio, fy ngweddw a'm plant."

Ceiriog

Y traddodiad yw bod y telynor David Owen (Dafydd y Garreg Wen) wedi cyfansoddi'r dôn ar ei wely angau. Bu farw yn 1741 yn 29 oed ac fe'i claddwyd ym mynwent eglwys Ynyscynhaearn yn yr hen Sir Gaernarfon.

Dau Gi Bach

trfn. Delyth Hopkins Evans

1. Dau gi bach yn mynd i'r coed,
   Esgid newydd am bob troed,
   Dau gi bach yn dŵad adre
   Wedi colli un o'u sgidie;
   Dau gi bach.

2. Dau gi bach yn mynd i'r coed
   Dan droi'u fferau, dan droi'u troed,
   Dŵad adre hyd y pylle,
   Blawd ac eisin ar eu coese;
   Dau gi bach.

Daw Hyfryd Fis Mehefin

trfn. Delyth Hopkins Evans

Daw hyfryd fis Mehefin cyn bo hir
A chlywir y gwcw'n canu'n braf yn ein tir;
Braf yn ein tir, braf yn ein tir,
Gwcw, gwcw, gwcw,
Canu'n braf yn ein tir.

(Tôn gron)

Defaid William Morgan

trfn. Delyth Hopkins Evans

1. Mae rhywbeth bach yn poeni pawb,
   Nid yw yn nef ym mhob man;
   Yr hyn sy'n poeni'r ardal hon
   Yw defaid William Morgan.

Cytgan
Defaid William Morgan,
   Defaid William Morgan,
Yr hyn sy'n poeni'r ardal hon
   Yw defaid William Morgan.

2. Waeth heb na phlannu nionod bach
   Na letys na chybatsan,
   Chaiff neb eu profi, dyna'r gwir,
   Ond defaid William Morgan.

Cytgan

3. Does obaith i'r friallen fach
   Gael estyn ei phen allan,
   Arswyda'r daffodil yn sŵn
   Traed defaid William Morgan.

Cytgan

4. Y maent fel plant heb dad na mam,
   Na chartref chwaith yn unman;
   Cardota'u bwyd o ddrws i ddrws
   Wna defaid William Morgan.

Cytgan

5. O! maent yn gall a'u pennau'n gam,
   A'u 'leader' yw'r maharan,
   Ac er eu gwerthu, dod yn ôl
   Mae defaid William Morgan.

Cytgan

6. Mae'r haf yn ymyl, diolch byth,
   Cânt fynd i ben Moel Faban,
   A chawn ymwared am ryw bryd
   Â defaid William Morgan.

Cytgan

Deryn y Bwn o'r Banna'

trfn. Delyth Hopkins Evans

1. Deryn y Bwn o'r Banna'
   Aeth i rodio'r gwylia;
Lle disgynnodd o ar ei ben, ar ei ben,
   Bwm, bwm, bwm, bwm,
Ond i bwn o fala.

2. Deryn y Bwn a gododd,
   Y fala i gyd a gariodd
Dros y Banna' i farchnad Caer, farchnad Caer,
   Bwm, bwm, bwm, bwm,
Ac yno'n daer fe'u gwerthodd.

3. Fala, fala, filoedd,
   Fala melyn laweroedd;
Y plant yn gweiddi am fala'n groch, fala'n groch,
   Bwm, bwm, bwm, bwm,
Rhoi dima goch am gannoedd.

4. Deryn y Bwn aeth adra,
   Yn ôl dros ben y Banna;
Gwaeddai, "Meistres, O! gwelwch y pres, gwelwch y pres,
   Bwm, bwm, bwm, bwm,
A ges i wrth werthu fala."

Dewch i'r Frwydr

trfn. Delyth Hopkins Evans

1. Feirdd, chwaraewch eich telynau,
Cenwch glod ein t'wysog cu,
Nes adseinia y mynyddau
Glod Llywelyn i bob llu.
Dewch i'r frwydr oll,
Dewch bob un heb goll,
Arwr sy'n rheoli'r gad.
Amddiffynnwn ef,
Bloeddiwn ag un llef,
Rhyddid, braint a bri ein gwlad.

2. Llewyrch haul sydd ar dariannau,
Llachar yw cleddyfau'r gad,
Mellt a wibia o helmedau
Gwŷr yn ymladd dros eu gwlad.
Mathrant dan eu traed
Lu ar faes y gwaed:
Marw wnânt neu fyw yn rhydd.
Clywch eu rhyfel gri
"Duw fo gyda ni,
Cymru fu a Chymru fydd."

Dyn Bach o Fangor

trfn. Delyth Hopkins Evans

1. Dyn bach o Fangor yn dŵad i'r dre,
Dyn bach o Fangor yn dŵad i'r dre,
O ie! Dyn bach o Fangor yn dŵad i'r dre,
Dyn bach o Fangor yn dŵad i'r dre.

2. Gwraig fach y dyn bach o Fangor yn dŵad i'r dre –

3. Ci bach y wraig fach y dyn bach o Fangor yn dŵad i'r dre –

4. Cynffon fach y ci bach y wraig fach y dyn bach o Fangor yn dŵad i'r dre –

5. Blewyn bach y gynffon fach y ci bach y wraig fach y dyn bach o Fangor yn dŵad i'r dre –

6. Chwannen fach ar flewyn bach y gynffon fach y ci bach y wraig fach y dyn bach o Fangor yn dŵad i'r dre –

7. Dyn bach o Fangor yn dŵad i'r dre –

Elen

trfn. Delyth Hopkins Evans

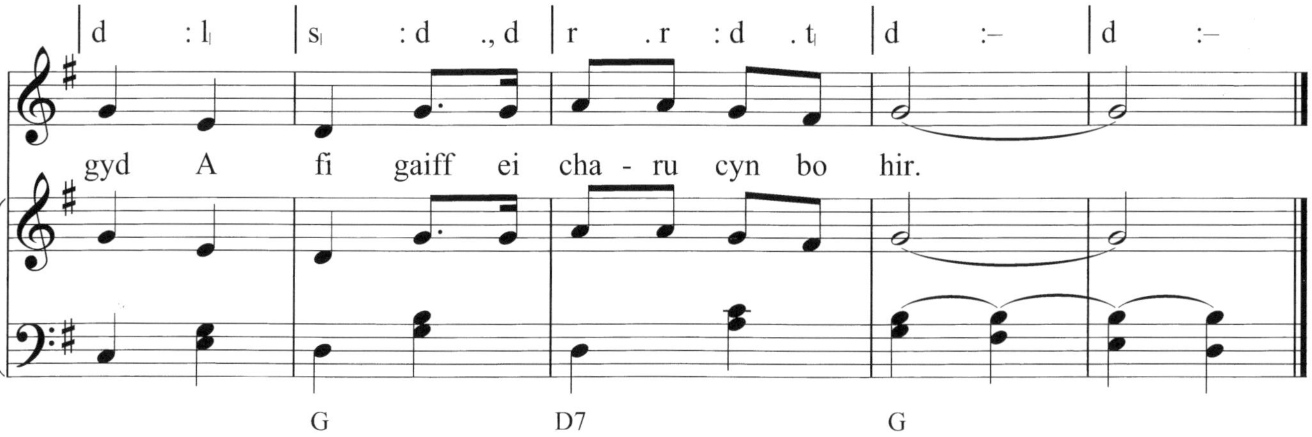

Cytgan

Elen, o Elen, o Elen tyrd yn ôl,
Paid â bod mor ffôl â'm gadael i ar ôl.
Elen, o Elen, o Elen tyrd yn ôl,
Elen, rwy'n dy garu di.

1. Mi gwrddais hi yr ochr draw i'r bryn
Lle mae'r merched glanaf yn y sir,
Ond y hi, Elen fwyn, yw'r orau oll i gyd
A fi gaiff ei charu cyn bo hir.

Cytgan

2. Mae ei grudd 'run lliw â brest y robin goch,
A'i gwallt yn union fel y frân,
Ac wrth ei gweld hi yn cerdded yn y dre
Mae 'nghalon i yn mynd ar dân.

Cytgan

3. Bûm yn ei chanlyn hi lle bynnag roedd hi'n mynd
Ac o'r diwedd gofynnais iddi hi,
"O Elen, Elen fwyn, a gaf i'th briodi di?
O f'anwylyd, rwy'n dy garu di."

Cytgan

4. 'Rôl trio 'ngorau ni fedrais i ei chael,
Mae am fynd i ffwrdd a'm gadael i;
Rwyf am ei dilyn hi lle bynnag mae am fynd,
O f'anwylyd, rwy'n dy garu di.

Cytgan

Eryri Wen

trfn. Delyth Hopkins Evans

1. Eryri Wen, frenhines bur,
   Daearol ferch y ne,
Mewn awyr las ac wybren glir
   Ac yn dy sanctaidd le.
Yn fab y mynydd hwn y'm gwnaed
   I dy ofni di erioed;
Mae tân yn rhedeg trwy fy ngwaed,
   Pan safaf wrth dy droed.

2. O'th gylch mae cestyll cedyrn mawr
   Yn mynd yn friwsion mân;
O'th gylch mae twrf tymhestloedd gawr
   Yn rhuo'u gaeaf gân.
Ond dyma gastell gododd Duw,
   Ag eira ar ei ben,
I Annibyniaeth Cymru fyw
   Am byth, Eryri Wen.

Ceiriog

Fuoch Chi 'Rioed yn Morio?

trfn. Delyth hopkins Evans

1. Fuoch chi 'rioed yn morio?
   Wel do, mewn padell ffrio.
   Chwythodd y gwynt fi i'r Eil o Man
   A dyna lle bûm yn crio.

2. Bachgen da 'di Dafydd
   Yn gwisgo'i sgidia newydd;
   Cadw'r hen rai tan yr ha',
   Bachgen da 'di Dafydd.

3. Mae gen i fuwch yn pori,
   A llo er Clame 'leni,
   Mae'r ddou yn ddu heb un o'u bath,
   Ond gwyn yw'r lla'th serch hynny.

1. Gwen a Mair ac Elin
   Yn bwyta lot o bwdin;
A Benja bach yn mynd o'i go,
   A chrio'n anghyffredin.

2. Codi'n fore, fore,
   A ffrwyno'r gaseg wine;
Modryb Siân a f'ewyrth Siôn
   Yn synnu yn nhraed eu sane.

3. Hai! beth sy'n bod tu allan,
   Y twrw mawr fel taran?
Mae Jac y Nico'n biwsio'r moch
   A Robin Goch yn gwichian.

4. Wel dyma dŷ am groeso
   I bawb sydd wedi blino:
A glywch chwi dwrw tecell Siân?
   Mae ar y tân yn tiwnio.

J. Glyn Davies

Hefyd i'w chanu ar dôn 'Fuoch Chi 'Rioed yn Morio?'

Fy Llong Fach Arian i

Islwyn Ffowc Elis

1. Mae gen i long fach arian
   A'i deciau'n aur i gyd,
   A'i hwyliau main o sidan
   I ddal awelon hud;
   Yn hon y bydda i'n morio
   Bob nos dan hwyliau tyn,
   'Rôl codi'r holl angorion
   A gado'r harbwr gwyn.

Cytgan
O, mae tonnau cwsg yn chwyddo dros y bar,
Ac mae llafnau'r sêr yn crynu yn y lli,
Ac mae awel fain yn tyner wthio'r llong dros orwel byd,
O, does un peth fel fy llong fach arian i.

2. Pan glywa i'r cloc yn taro
   Â'i glychau saith o'r gloch,
   Rwy'n mynd yn ddistaw, ddistaw,
   Dros risiau'r carped coch,
   Yn diffodd golau'r gannwyll
   A chau f'amrannau'n dynn,
   A chodi'r holl angorion
   A gado'r harbwr gwyn.

Cytgan
O, mae'r llyw yn troi fel pluen yn fy llaw,
Ac mae'r môr yn llifo heibio heb un si,
Awn o gylch y byd mewn noson o Hawaii i Fandalay,
O, does un peth fel fy llong fach arian i.

3. Os caewch chi eich llygaid
   Bob nos pan dery saith,
   Cewch chwithau ddyfod hefyd
   I'r gyfareddol daith;
   Mi alwaf wrth eich porthladd
   A'm hwyliau main yn dynn,
   Nid ydyw'r daith ond munud
   'Rôl gado'r harbwr gwyn.

Cytgan
O, mae'r gwledydd pell yn llawn o drysor cudd,
Ac mae lladron môr yn disgwyl ar y lli;
Ond fe'u concraf oll a'u rheibio, dof â'r trysor adre'n ôl;
O, does un peth fel fy llong fach arian i.

Islwyn Ffowc Elis

Ffarwél i Blwy Llangower

trfn. Delyth Hopkins Evans

1. Ffarwél i blwy Llangower
   A'r Bala dirion deg.
Ffarwél, fy annwyl gariad,
   Nid wyf yn enwi neb;
Rwy'n mynd i wlad y Saeson
   A'm calon fel y plwm,
I ddawnsio o flaen y delyn
   Ac i chwarae o flaen y drwm.

2. Ffarwél i'r Glyn a'r Fedw,
   A llethrau'r hen Gefn Gwyn.
Ffarwél i'r Llan a'i dwrw,
   A llwybrau min y llyn:
Wrth ganu'n iach i Feirion,
   Os yw fy llais yn llon,
Yn sŵn ei hen alawon
   O! y pigyn sy dan fy mron.

Pennill 2: Llew Tegid

Ffarwél i Ddociau Lerpwl

trfn. Delyth Hopkins Evans

1. Ffarwél i ddociau Lerpwl,
   Ffarwél i'm ffrindiau hael,
Ffarwél i Ynys Mona
   Sy'n anodd iawn ei chael.
Ffarwél i dref Biwmaris,
   A'r merched ieuainc llon,
Rwy'n myned nawr o Lerpwl
   I nofio dros y don.

Cytgan
O, dewch Mari
   I forio ar y llyn,
Mae'r awel wedi codi
   I lanw'r lliain gwyn,
I lanw'r lliain gwyn,
   I lanw'r lliain gwyn,
Mae'r awel wedi codi
   I lanw'r lliain gwyn.

2. Am y cyntaf lawr i'r Parrog
   I weld y *Seventy Four*,
Mae'i bows hi ar y Castell,
   A'i starn hi ar y môr.
Ffarwél i draethau Penfro,
   A'r merched ieuainc llon,
Rwy'n mynd yn awr heb oedi
   I nofio ar y don.

Cytgan

Fflat Huw Puw

trfn. Delyth Hopkins Evans

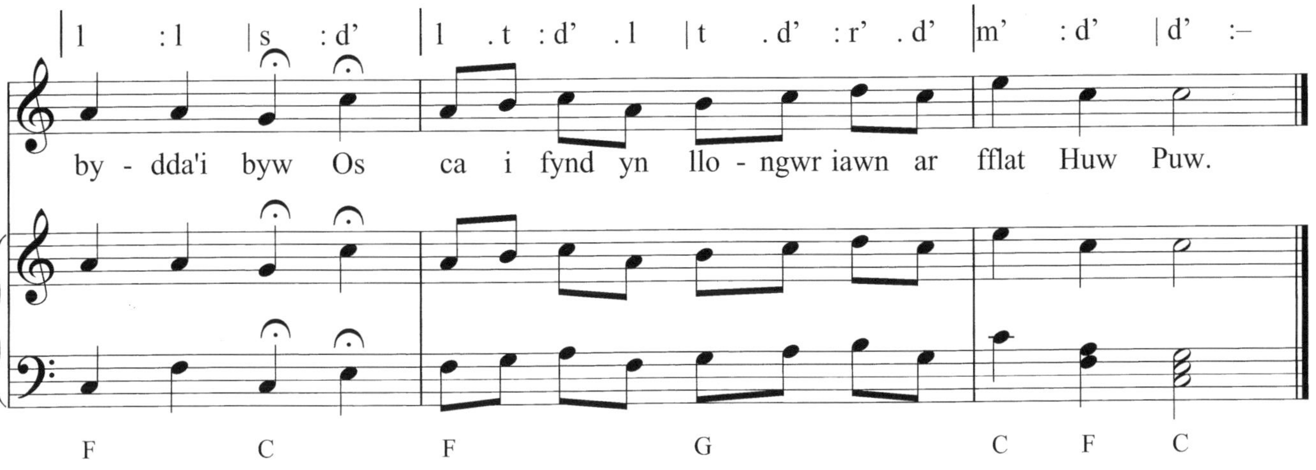

1. Mae sŵn ym Mhortinllaen, sŵn hwylie’n codi,
 Blocie i gyd yn gwichian, Dafydd Jones yn gweiddi;
 Ni fedraf aros gartre yn fy myw,
 Rhaid imi fynd yn llongwr iawn ar fflat Huw Puw.
 Fflat Huw Puw yn hwylio heno,
 Sŵn y codi angor; mi fynna’i fynd i forio.
 Mi wisga’i gap pig gloyw tra bydda’i byw
 Os ca i fynd yn llongwr iawn ar fflat Huw Puw.

2. Mi bryna’i yn y ’Werddon sane sidan,
 Sgidie bach i ddawnsio, a’r rheiny â bycle arian;
 Mi fydda’ i’n ŵr bonheddig tra bydda’i byw,
 Os ca’i fynd yn Gapten llong ar fflat Huw Puw.
 Mi gadwa’i fflat fel parlwr gore,
 Bydd sgwrio mawr a chrafu bob ben bore;
 Mi fydd y pres yn sgleinio ar y llyw,
 Pan fydda i yn Gapten llong ar fflat Huw Puw.

J. Glyn Davies

Gee, Geffyl Bach

trfn. Delyth Hopkins Evans

Gee, geffyl bach yn cario ni'n dau
Dros y mynydd i hela cnau;
Dŵr yn yr afon a'r cerrig yn slic,
Cwympon ni'n dau, wel dyna chi dric.

Gwenni Aeth i Ffair Pwllheli

trfn. Delyth Hopkins Evans

1. Gwenni aeth i ffair Pwllheli,
   Eisie padell bridd oedd arni;
   Rhodd amdani chwech o syllte,
   Costie gartre ddwy a dime.
   Simpl, sampl, ffinistr, ffanastr,
   D'oedd rhyw helynt fawr ar Gwen?

2. Gwenni aeth yn fore i odro,
   Gwerth y chweswllt rhwng ei dwylo;
   Rhodd y fuwch un slap â'i chynffon,
   Nes oedd y chweswllt bron yn deilchion.
   Simpl, sampl, ffinistr, ffanastr,
   D'oedd rhyw helynt fawr ar Gwen?

3. Gwenni aeth yn fore i olchi,
   Eisiau dillad glân oedd arni;
   Tra bu Gwen yn nôl y sebon
   Y dillad aeth i lawr yr afon.
   Simpl, sampl, ffinistr, ffanastr,
   D'oedd rhyw helynt fawr ar Gwen?

Gwenno Pen-y-Gelli

trfn. Delyth Hopkins Evans

1. Rwy'n ddeg ar hugain oed
   Ac arna'i chwant priodi
Geneth ysgafn droed
   Fel Gwenno Pen-y-gelli;
Mae ganddi ddillad crand,
   Ac mae hi'n eneth bropor,
A deg punt yn y banc
   Ar ôl ei modryb Gaenor.

Cytgan
Di wec ffal-di-lal-lal-la,
Di wec ffal-di-lal-lal-la,
Di wec ffal-di-lal-lal-la, la-la-la.

2. Mae gen i het Jim Cro
   Yn barod i fy siwrne,
A sgidie o groen llo
   A gwisg o frethyn cartre;
Mae gen i dŷ yn llawn
   Yn barod i'w chroesawu,
A phedair tas o fawn
   A dillad ar fy ngwely.

Cytgan

3. Mae gennyf ddafad ddu
   Yn pori ar Eryri,
Chwyaden, cath a chi
   A gwartheg lond y beudy;
Mi fedraf dasu a thoi
   A chanu a dal yr arad,
A gweithio heb ymdroi
   A thorri gwrych yn wastad.

Cytgan

Gwn Dafydd Ifan

trfn. Delyth Hopkins Evans

1. Os ydach chi'n dewis cael clywed y gwir,
Mi draethaf yr hanes o hyn cyn bo hir;
A chofiwch chi'r stori tra byddwch chi byw,
Fod gwn Dafydd Ifan heb 'run hoel sgriw.

2. Fe gollodd yr hoelion o'r clo, meddan nhw,
Wrth ymladd tri diwrnod ym mat' Waterlŵ,
A'i stoc o'n odidog o bren mawnog mawr,
A'i liw o'n loywddu yn gweddu hen gawr.

3. Pan wela fo sgwarnog ne lwynog ar lawr,
Bydd Dafydd fan honno a'i fwriad yn fawr,
Fe'u saethai nhw'n gelen yn gywrain â'i wn,
Yn gŵn ac yn gathod, un hynod yw hwn.

4. Os daw yr hen Ffrancod, fel buont o'r blaen,
I ymladd â Lloegr, na feindiwch chi ddraen;
Ni ddaw dim niwed i ni, neno'r tad,
Tra bo Dafydd Ifan a'i wn yn y wlad.

Gwnewch Bopeth yn Gymraeg

trfn. Delyth Hopkins Evans

1. Os Cymry annwyl ydych,
Na wadwch byth mo'ch iaith
Er mynd i wlad yr estron
Neu groesi'r moroedd maith;
Os holir chwi yn Saesneg,
Yn Lladin neu'r Hebraeg,
Gofalwch, doed a ddelo,
Am ateb yn Gymraeg:

Cytgan
Siaradwch yn Gymraeg
A chanwch yn Gymraeg,
Beth bynnag fo'ch chi'n gwneuthur,
Gwnewch bopeth yn Gymraeg.

2. Pan fo'ch chwi wedi blino
Gan lafur maith y dydd,
A'r heulwen wrth fachludo
Yn gollwng pawb yn rhydd;
Adroddwch eich blinderau
Yng ngeiriau'r Omeraeg,
A phan yr ewch i gysgu,
Wel cysgwch yn Gymraeg:

Cytgan

3. Pan fyddo rhyw sirioldeb
Yn ysgafnhau eich bron,
A gwenau ar eich wyneb
A'r galon fach yn llon;
Addurnwch eich llawenydd
Â gwisg yr Omeraeg,
A phan yr ewch i chwerthin,
Wel chwarddwch yn Gymraeg.

Cytgan

Mynyddog

'Gomeraeg': Yr oedd yna gred bod y Cymry wedi disgyn o hil Gomer fab Jaffeth (un o feibion Noa).

Gyrru'r Ychen

trfn. Delyth Hopkins Evans

1. O Mari, Mari fwyn,
   Mae heddiw'n fore mwyn,
Mae'r adar bach yn canu,
   A'r gwcw ar y llwyn.
Hw! ymlaen, Hw! ymlaen, Hw!

2. Fe aeth y Chwefror chwith,
   A Mawrth aeth ar ei ôl,
Ac Ebrill sydd yn gwasgar
   Briallu ar y ddôl.
Hw! ymlaen, Hw! ymlaen, Hw!

3. Ymlaen fy ychen dri,
   Ymlaen ynghynt â ni,
Ymlaen i ben y dalar,
   Y braenar yw ein bri.
Hw! ymlaen, Hw! ymlaen, Hw!

4. Ymlaen y duon, ewch!
   Dos dithau'r llwyd ar ras!
Neu haf a ddaw
   A ninnau heb dorri'r gwndwn glas.
Hw! ymlaen, Hw! ymlaen, Hw!

Hela'r Sgwarnog

trfn. Delyth Hopkins Evans

1. Dewch â'r milgwn at ei gilydd,
   Clywch y rhewynt yn y coed.
Wele'r wawr yn rhodio'r mynydd,
   Gydag eira dan ei throed:
Meirch weryrant,
   Helwyr gasglant,
Dyma ddiwrnod o foddhad!
   O, mae'n iechyd
A dedwyddyd,
   Hela sgwarnog yn y wlad.

2. Dyna floeddio ar y ddehau,
   Talihôan tros y fro;
Wele'r gwta hir ei chlustiau
   Yn ymwrando, Hei Si Ho!
Neidia, rheda,
   Dyna drofa,
Ar ei hôl pob milgi a'd:
   O, mae'n iechyd
A dedwyddyd,
   Hela sgwarnog yn y wlad.

3. Chwaneg, chwaneg yw ei chynnydd,
   Nid yw dal y fach mor hawdd;
Dyna hi yn rhydd i'r mynydd,
   Heibio'r cŵn a thros y clawdd;
Rhedeg, neidio,
   Dal neu beidio,
Mwy mewn hela boed mwynhad!
   O, mae'n iechyd
A dedwyddyd,
   Hela sgwarnog yn y wlad.

Ceiriog

Hen Fenyw Fach Cydweli

trfn. Delyth Hopkins Evans

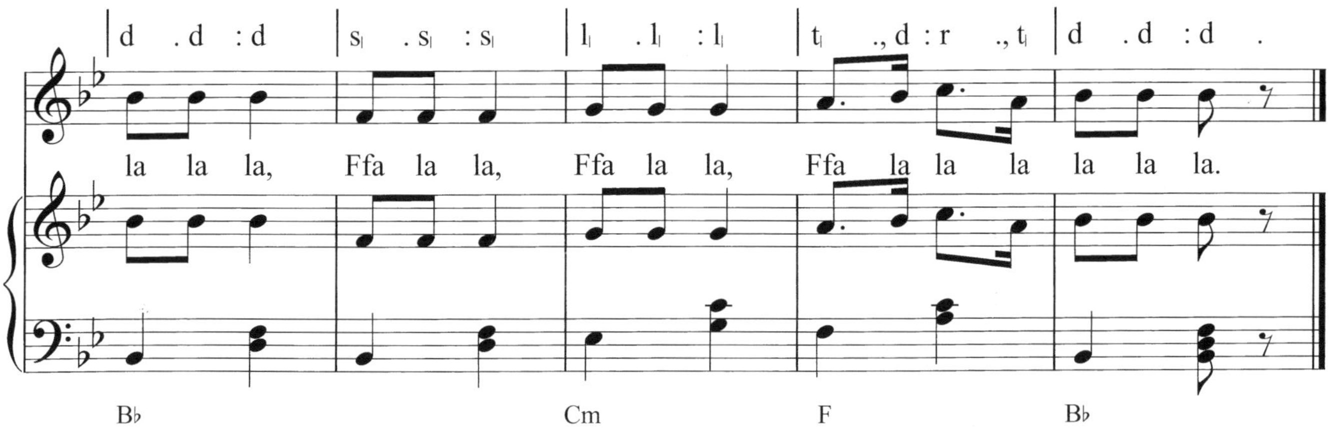

1. Hen fenyw fach Cydweli
   Yn gwerthu losin du,
   Yn rhifo deg am ddime,
   Ond un ar ddeg i mi:
   Wel dyna'r newydd gore ddaeth i mi, i mi,
   Wel dyna'r newydd gore ddaeth i mi, i mi,
   Oedd rhifo deg am ddime,
   Ond un ar ddeg i mi.
   Ffa la la, Ffa la la, Fa la la la la la la,
   Ffa la la, Ffa la la, Fa la la la la la la.

2. Mi es i Faes y Croese,
   Mi ges i groeso mawr,
   A fale wedi'u pobi
   A stôl i eiste' i lawr:
   Wel dyma'r newydd gore ddaeth i mi, i mi,
   Wel dyna'r newydd gore ddaeth i mi, i mi,
   A fale wedi'u pobi
   A stôl i eiste' i lawr.
   Ffa la la, Ffa la la, Fa la la la la la la,
   Ffa la la, Ffa la la, Fa la la la la la la.

Hen Ferchetan

trfn. Delyth Hopkins Evans

1. Hen ferchetan wedi colli'i chariad,
   Ffol di rol di rol lol, ffol di rol di ro;
Cael un arall, dyna oedd ei bwriad,
   Ffol di rol di rol lol, ffol di rol di ro.
Ond nid oedd un o lanciau'r pentre,
   Ffol di rol lol di rol di ro,
Am briodi Lisa fach yr Hendre,
   Ffol di rol di rol lol, ffol di rol di ro.

2. Hen ferchetan sydd yn dal i dreio,
   Ffol di rol di rol lol, ffol di rol di ro;
Gwisgo lasie sidan ac ymbincio,
   Ffol di rol di rol lol, ffol di rol di ro.
Ond er bod brân i frân yn rhywle,
   Ffol di rol lol di rol di ro,
Nid oes neb i Lisa fach yr Hendre,
   Ffol di rol di rol lol, ffol di rol di ro.

3. Hen ferchetan bron â thorri'i chalon,
   Ffol di rol di rol lol, ffol di rol di ro;
Mynd i'r Llan mae pawb o'r hen gariadon,
   Ffol di rol di rol lol, ffol di rol di ro.
Bydd tatws newydd ar bren 'fale,
   Ffol di rol lol di rol di ro,
Cyn priodith Lisa fach yr Hendre,
   Ffol di rol di rol lol, ffol di rol di ro.

4. Hen ferchetan aeth i ffair y Bala,
   Ffol di rol di rol lol, ffol di rol di ro;
Gweld Siôn Prys yn fachgen digon smala,
   Ffol di rol di rol lol, ffol di rol di ro.
Gair a ddywedodd wrth fynd adre,
   Ffol di rol lol di rol di ro,
Gododd galon Lisa fach yr Hendre,
   Ffol di rol di rol lol, ffol di rol di ro.

Llinell 1+2: traddodiadol
Gweddill 1+2, 3, 4: Enid Parry

Hen Ffon fy Nain

Edward Rowlands, "Eos Maelor"
trfn. Delyth Hopkins Evans

1. A welsoch chwi "Hen Ffon fy Nain"
   Sy'n union fel y saeth?
Mae'n hynach heddiw nag erioed
   Ond nid yw lawer gwaeth;
Roedd hon mewn bri cyn bod un train,
   Yn cario Nain trwy'i hoes,
A'i chario wnaeth i byrth y bedd,
   Heb unwaith gweryl croes.

2. Trwy gymorth hon y troediai gynt
   I'r capel dros y bryn,
Trwy'r haf a'r gaeaf, glaw a'r gwynt,
   Y rhew a'r eira gwyn;
Ac os digwyddai daro'i throed
   Wrth faen ar lwybr y fron,
Pan daenai'r nos ei phruddaidd len,
   "Diogel," meddai'r ffon.

3. Pan oeddwn gynt yn blentyn bach
   Yn dechrau troedio cam,
I dŷ fy Nain y rhoddwn dro
   Heb wybod i fy mam;
Fe wyddwn hyn yn eithaf da,
   Er maint fy ofn a'm braw,
Na chawswn gam gan undyn byw
   Os byddai'r ffon gerllaw.

4. Ond erbyn hyn, mae Nain mewn hedd,
   Yn ieuanc ac yn llon,
Heb arwydd henaint ar ei gwedd,
   Yn rhodio heb ei ffon;
A'r ffon yn gorffwys ddydd a nos
   Mewn cornel dawel, gain;
O na chawn innau fynd i'r bedd
   Ar bwys "Hen Ffon fy Nain".

Glan Padarn

Hen Iâr Fach Dwt

trfn. Delyth Hopkins Evans

1. Hen iâr fach dwt
   Yw'n iâr fach ni,
Hen iâr fach bert,
   Coch, melyn a du;
Mi aeth i'r cwt
   I ddodwy wy –
Mi gododd ei chwt, chwt, chwt
   Ac i ffwrdd â hi.

2. Hen frân fawr ddu
   Ar ben y to,
Yn canu bas,
   Ho, ho, ho, ho;
Mi 'nelais fy ngwn
   I'w saethu hi –
Ond cododd ei chwt, chwt, chwt,
   Ac i ffwrdd â hi.

3. Hen chwannen fawr
   Yn ddu fel glo,
Yn pigo dyn
   Nes mynd o'i go';
Mi nolais fy lamp
   I'w dala hi –
A chododd ei chwt, chwt, chwt,
   Ac i ffwrdd â hi.

Heno, Heno

trfn. Delyth Hopkins Evans

1. Heno, heno, hen blant bach,
Heno, heno, hen blant bach;
Dime, dime, dime, hen blant bach,
Dime, dime, dime, hen blant bach.

2. Gwely, gwely, hen blant bach,
Gwely, gwely, hen blant bach;
Dime, dime, dime, hen blant bach,
Dime, dime, dime, hen blant bach.

3. Fory, fory, hen blant bach,
Fory, fory, hen blant bach;
Dime, dime, dime, hen blant bach,
Dime, dime, dime, hen blant bach.

Het Dri Chornel

trfn. Delyth Hopkins Evans

1. Mae gen i het dri chornel,
   Tri chornel sydd i'm het,
   Ac os nad oes tri chornel,
   Nid honno yw fy het.

2. Mae gen i — dri chornel,
   Tri chornel sydd i'm —,
   Ac os nad oes tri chornel,
   Nid honno yw fy —.

3. Mae gen i — — chornel,
   — chornel sydd i'm het,
   Ac os nad oes — chornel,
   Nid honno yw fy —.

4. Mae gen i — — —,
   — — sydd i'm —,
   Ac os nad oes — —,
   Nid honno yw fy —.

Cân lle y gollyngir gair heb ei ganu yn yr ail bennill ac yna air ychwanegol, fesul pennill.

Hiraeth

trfn. Delyth Hopkins Evans

1. Dwedwch, fawrion o wybodaeth,
O ba beth y gwnaethpwyd hiraeth;
A pha ddefnydd a roed ynddo
Na ddarfyddai wrth ei wisgo?

2. Derfydd aur a derfydd arian,
Derfydd melfed, derfydd sidan;
Derfydd pob dilledyn helaeth,
Eto er hyn ni dderfydd hiraeth.

3. Hiraeth mawr a hiraeth creulon,
Hiraeth sydd yn torri 'nghalon;
Pan fwy' dryma'r nos yn cysgu
Fe ddaw hiraeth ac a'm deffry.

4. Hiraeth, hiraeth, cilia, cilia,
Paid â phwyso mor drwm arna';
Nesa dipyn at yr erchwyn,
Gad i mi gael cysgu gronyn.

5. Fe gwn yr haul, fe gwn y lleuad,
Fe gwn y môr yn donnau irad;
Fe gwn y gwynt yn uchel ddigon,
Ni chwn yr hiraeth byth o'r galon.

Hob y Deri Dando (1)

trfn. Delyth Hopkins Evans

1. Ni bu merch erioed cyn laned,
   Hob y deri dando;
Ni bu merch erioed cyn wynned,
   Hob y deri dando;
Ni bu neb o ferched dynion,
   Siân fwyn Siân,
Nes na hon i dorri 'nghalon;
   Siân fwyn, tyrd i'r llwyn,
Seiniwn glod i Siani fach fwyn;
   Siân fwyn, tyrd i'r llwyn,
Seiniwn glod i Siani fach fwyn.

2. Gwyn eu byd yr adar gwylltion,
   Hob y deri dando;
Hwy gânt fynd i'r fan a fynnon,
   Hob y deri dando;
Weithiau i'r môr ac weithiau i'r mynydd,
   Siân fwyn Siân,
A dod adref yn ddigerydd;
   Siân fwyn, tyrd i'r llwyn,
Seiniwn glod i Siani fach fwyn;
   Siân fwyn, tyrd i'r llwyn,
Seiniwn glod i Siani fach fwyn.

3. Tros y môr y mae fy nghalon,
   Hob y deri dando;
Tros y môr y mae f'ochneidion,
   Hob y deri dando;
Tros y môr y mae f'anwylyd,
   Siân fwyn Siân,
Sy'n fy meddwl i bob munud;
   Siân fwyn, tyrd i'r llwyn,
Seiniwn glod i Siani fach fwyn;
   Siân fwyn, tyrd i'r llwyn,
Seiniwn glod i Siani fach fwyn.

Hob y Deri Dando (2)

trfn. Delyth Hopkins Evans

1. Chi sy'n cofio 'Newyrth Dafydd,
   Patriarch y Felindre,
Ry'ch chi'n cofio'n burion hefyd
   Am ei frethyn cartre;
Aeth ei got yn hen heb golli
   Dim o'r grân;
Roedd hi'n llwyd pan gas ei phannu:
   Brethyn gwlân y defaid mân,
Dyna fel y gwisgai'r oes o'r blân.

Cytgan
Brethyn gwlân y defaid mân,
Dyna fel y gwisgai'r oes o'r blân.

2. Felly elai gynt i garu –
   Yn ei frethyn cartre,
Ac ar fore ei briodi
   Gyda Neli'r Hendre;
I ffair G'lamai a Chymanfa'n
   Ddi-wahân,
'Run hen wisg a 'run hen grefydd:
   Brethyn gwlân y defaid mân,
Dyna fel y gwisgai'r oes o'r blân.

Cytgan

3. Gwelodd 'Newyrth lawer ffasiwn,
   Do yn enw'r annwl,
Ond effeithiodd 'run ohonynt
   Ddim ar ddillad 'Nwncwl;
Ni freuddwydiai am wisg newydd
   Mwy na'r frân,
'Run hen dorrad yn dragywydd:
   Brethyn gwlân y defaid mân,
Dyna fel y gwisgai'r oes o'r blân.

Cytgan

4. Gwisg o liain main a derw
   Sydd amdano heno,
Ac mae'r awel yn yr ywen
   Dan yr hon mae'n huno;
Ond mae'r defaid eto'n pori
   'Ngwlad y Gân,
Ac mae arnynt wlân yn tyfu:
   Brethyn gwlân y defaid mân,
Dyna fel y gwisgai'r oes o'r blân.

Crwys

Cytgan

I Blas Gogerddan

trfn. Delyth Hopkins Evans

1. "I Blas Gogerddan heb dy dad!
Fy mab, erglyw fy llef:
Dos dithau'n ôl i faes y gad
Ac ymladd gydag ef!
Dy fam wyf i, a gwell gan fam
It golli gwaed fel dwfr,
Neu agor drws i gorff y dewr,
Na derbyn bachgen llwfr."

2. "I'r neuadd dos, ac yno gwêl
Arluniau'r Prysiaid pur;
Mae tân yn llygad llym pob un,
Yn olau ar y mur."
"Nid fi yw'r mab amharcha'i fam,
Ac enw tŷ ei dad;
Cusenwch fi, fy mam," medd ef,
Ac aeth yn ôl i'r gad.

3. Daeth ef yn ôl i dŷ ei fam,
Ond nid, ond nid yn fyw:
Medd hithau, "O fy mab! fy mab!
O maddau im, O Dduw!"
Ar hyn, atebai llais o'r mur:
"Trwy Gymru tra rhed dwfr,
Mil gwell yw marw'n fachgen dewr
Na byw yn fachgen llwfr."

Ceiriog

Cartref hen deulu bonheddig Pryse ym mhlwyf Trefeurig, Ceredigion, oedd Gogerddan.

Iechyd Da i Chwi, Foneddigion

trfn. Delyth Hopkins Evans

1. Iechyd da i chwi, foneddigion,
Dewch i weld os yw'r gwin yn dda,
Iechyd da i chwi, foneddigion,
Dewch i weld os yw'r gwin yn dda.

Cytgan
Dewch i weld, O la la,
Dewch i weld, O la la,
Dewch i weld os yw'r gwin yn dda,
Dewch i weld, O la la,
Dewch i weld, O la la,
Dewch i weld os yw'r gwin yn dda.

2. Yfwn ni ddwsin o boteli
Cyn bo'r nos wedi dod i ben,
Yfwn ni ddwsin o boteli
Cyn bo'r nos wedi dod i ben.

Cytgan
Cyn bo'r nos, O la, la,

3. Cleddwch fi pan y byddwyf farw
Mewn cell win lle mae'r gwin yn dda,
Cleddwch fi pan y byddwyf farw
Mewn cell win lle mae'r gwin yn dda.

Cytgan
Mewn cell win, O la, la,

4. Peidiwch dweud wrth y diaconiaid
Rhag i mi gael fy nhorri ma's,
Peidiwch dweud wrth y diaconiaid
Rhag i mi gael fy nhorri ma's.

Cytgan
Rhag i mi, O la, la,

Lawr Ar Lan y Môr

trfn. Delyth Hopkins Evans

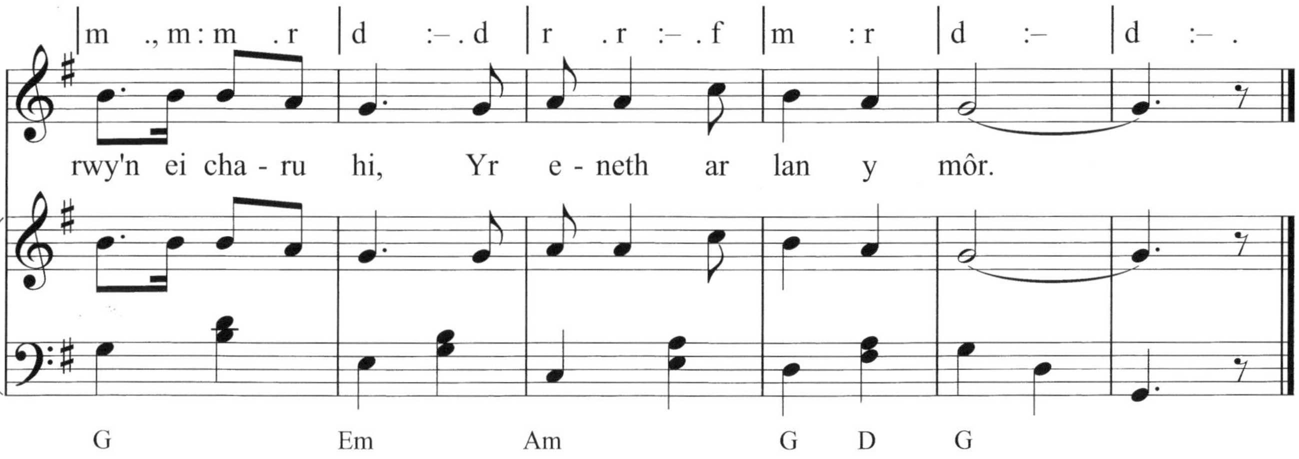

1. Mi gwrddais i â merch fach ddel
   Lawr ar lan y môr,
Lawr ar lan y môr,
   Lawr ar lan y môr,
Mi gwrddais i â merch fach ddel
   Lawr ar lan y môr,
Lawr ar lan y môr.

Cytgan

2. Gofynnais am un gusan fach
   Lawr ar lan y môr,
Lawr ar lan y môr,
   Lawr ar lan y môr,
Gofynnais am un gusan fach
   Lawr ar lan y môr,
Lawr ar lan y môr.

Cytgan

3. Mi gefais i un gusan fach
   Lawr ar lan y môr,
Lawr ar lan y môr,
   Lawr ar lan y môr,
Mi gefais i un gusan fach
   Lawr ar lan y môr,
Lawr ar lan y môr.

Cytgan

4. Rhyw ddiwrnod fe'i priodaf hi
   Lawr ar lan y môr,
Lawr ar lan y môr,
   Lawr ar lan y môr,
Rhyw ddiwrnod fe'i priodaf hi
   Lawr ar lan y môr,
Lawr ar lan y môr.

Cytgan

Cytgan
O! o! o! rwy'n ei charu hi,
   O! rwy'n ei charu hi,
Yr eneth ar lan y môr;
   O! o! o! rwy'n ei charu hi,
O! rwy'n ei charu hi,
   Yr eneth ar lan y môr.

Lisa Lân

trfn. Delyth Hopkins Evans

1. Bûm yn dy garu lawer gwaith,
   Do, lawer awr mewn mwynder maith,
Bûm yn dy gusanu, Lisa gêl,
   Yr oedd dy gwmni'n well na'r mêl.

2. Fy nghangen lân, fy nghowlad glyd,
   Tydi yw'r lanaf yn y byd,
Tydi sy'n peri poen a chri,
   A thi sy'n dwyn fy mywyd i.

3. Pan fyddwy'n rhodio gyda'r dydd,
   Fy nghalon fach sy'n mynd yn brudd;
Wrth glywed sŵn yr adar mân,
   Daw hiraeth mawr am Lisa lân.

4. Pan fyddwy'n rhodio gyda'r hwyr
   Fy nghalon fach a dôdd fel cwyr;
Wrth glywed sŵn yr adar mân,
   Daw hiraeth mawr am Lisa lân.

5. Pan fyddwy'n rhodio yn yr ardd
   Ymysg y blodau sydd yn hardd,
Yn torri mwyn friallu mân,
   Daw hiraeth mawr am Lisa lân.

6. Pan fyddwy mewn llawenydd llon,
   Fe ddaw rhyw boenau dan fy mron;
Wrth glywed sŵn y tannau mân,
   Daw hiraeth mawr am Lisa lân.

7. Lisa, a ddoi di i'm danfon i,
   I roi fy nghorff mewn daear ddu?
Gobeithio doi di, f'annwyl ffrind,
   Hyd lan y bedd, lle'r wyf yn mynd.

Llongau Caernarfon

trfn. Delyth Hopkins Evans

1. Mae'r holl longau wrth y cei yn llwytho:
   Pam na cha i fynd fel pawb i forio?
Dacw dair yn dechrau warpio
   Ac am hwylio heno,
Byrcinéd, Bordô a Wiclo.
   Toc daw'r stemar bach i'w towio,
Golau gwyrdd ar waliau wrth fynd heibio.

2. Pedair llong wrth angor yn yr afon;
   Aros teit i fynd dan gastell C'narfon.
Dacw bedwar golau melyn
   A rhyw gwch ar gychwyn,
Clywed sŵn y rhwyfau wedyn.
   Toc daw'r stemar bach i dowio,
Golau coch ar waliau wrth fynd heibio.

3. Llongau'n hwylio draw a llongau'n canlyn,
   Heddiw, fory ac yfory wedyn.
Mynd â'u llwyth o lechi gleision
   Dan eu hwyliau gwynion,
Rhai i Ffrainc a rhai i Werddon.
   O! na chawn i fynd ar f'union
Dros y môr a hwylio'n ôl i G'narfon.

4. Holaf ym mhob llong ar hyd yr harbwr,
   "Oes 'na le i hogyn fynd yn llongwr,
A chael splensio rhaff a rhiffio
   A chael dysgu llywio,
A chael mynd mewn cwch i sgwlio?"
   O na chawn i fynd yn llongwr,
A'r holl longau'n llwytho yn yr harbwr.

J. Glyn Davies

Llwyn Onn

trfn. Delyth Hopkins Evans

1. Ym mhalas Llwyn Onn gynt fe drigai pendefig,
   Efe oedd ysgweier ac arglwydd y wlad.
Ac iddo un eneth a anwyd yn unig
   A hi, 'nôl yr hanes, oedd aeres ei thad.
Aeth Cariad i'w gweled, yn lân a phur lencyn,
   Ond codai'r ysgweier yn araf ac erch
I saethu'r bachgennyn, ond gwyrodd ei linyn,
   A'i ergyd yn wyrgam i fynwes ei ferch.

2. Rhy hwyr ydoedd galw y saeth at y llinyn,
   A'r llances yn marw yn welw a gwan;
Bygythiodd ei gleddyf trwy galon y llencyn,
   Ond ni redai Cariad un fodfedd o'r fan.
Roedd Golud ei "darpar" yn hen ac anynad,
   A geiriau diwethaf yr aeres hardd hon
Oedd, "gwell gennyf farw trwy ergyd fy Nghariad,
   Na byw gyda Golud ym Mhalas Llwyn Onn."

Ceiriog

Mab Annwyl Dy Fam

trfn. Delyth Hopkins Evans

1. “Ple buost ti neithiwr, fab annwyl dy fam?
   Ple buost ti neithiwr, fab annwyl dy fam?”
“Pysgota, Mam annwyl:
   O c’weiriwch fy ngwely, rwy’n glaf, rwy’n glaf,
A’m calon ar fyned i’r bedd.”

2. “Pa liw oedd dy bysgod, fab annwyl dy fam?
   Pa liw oedd dy bysgod, fab annwyl dy fam?”
“Rhai brithion, Mam annwyl:
   O c’weiriwch fy ngwely, rwy’n glaf, rwy’n glaf,
A’m calon ar fyned i’r bedd.”

3. “Be roi di i’th dad, fab annwyl dy fam?
   Be roi di i’th dad, fab annwyl dy fam?”
“O pum punt, Mam annwyl:
   O c’weiriwch fy ngwely, rwy’n glaf, rwy’n glaf,
A’m calon ar fyned i’r bedd.”

4. “Be roi di i’th chwaer, fab annwyl dy fam?
   Be roi di i’th chwaer, fab annwyl dy fam?”
“Wel injan i wnïo:
   O c’weiriwch fy ngwely, rwy’n glaf, rwy’n glaf,
A’m calon ar fyned i’r bedd.”

5. “Be roi di i’th gariad, fab annwyl dy fam?
   Be roi di i’th gariad, fab annwyl dy fam?”
“Wel cortyn i’w chrogi:
   O c’weiriwch fy ngwely, rwy’n glaf, rwy’n glaf,
A’m calon ar fyned i’r bedd.”

Mae 'Nghariad i'n Fenws

trfn. Delyth Hopkins Evans

1. Mae ’nghariad i’n Fenws,
   Mae ’nghariad i’n fain,
Mae ’nghariad i’n dlysach
   Na blodau y drain;
Fy nghariad yw’r lana’
   A’r wynna’n y sir;
Nid canmol yr ydwyf
   Ond dwedyd y gwir.

2. Wych eneth fach annwyl
   Sy’n lodes mor lân,
Ei gruddiau mor writgoch,
   A’i dannedd mân, mân;
Ei dau lygad siriol
   A’i dwy ael fel gwawn –
Fy nghalon a’i carai
   Pe gwyddwn y cawn.

3. Mae ’nghariad i’n caru
   Fel cawod o law,
Weithiau ffordd yma
   Ac weithiau ffordd draw;
Ond cariad pur, ffyddlon
   Ni chariff ond un –
Y sawl a gâr lawer
   Gaiff fod heb yr un.

Mae Nadolig yn Nesáu

trfn. Delyth Hopkins Evans

1. Rhyw fore bu cyfarfod
Ar fuarth mawr yr Hafod;
Y twrcis, gwyddau, ddaeth ynghyd,
Yr hwyaid, moch a'r ieir i gyd,
Pob un yn cerdded lan a lawr,
A phawb yn wir mewn helbul mawr
Wedi clywed, welwch chi,
Fod Nadolig yn nesáu.

Cytgan
Jic jic, jic jic, cwac cwac,
Gobl gobl, gobl gobl, cwac cwac,
Whish git, whish git, ffwrdd â ni,
Mae Nadolig yn nesáu.

2. Distawrwydd mawr ymhobman –
Y clacwydd aeth i'r llwyfan,
Y ceiliog aeth i'r gadair fawr
Siaradodd ef am hanner awr,
Ac am ryw ddwy awr wedi hyn
Ceid araith hir gan y clacwydd gwyn,
Medd ef, "Mae yn ddifrifol iawn,
Mae Nadolig yn nesáu."

Cytgan

3. O! cynnig wnaeth y twrci,
Ac eilio wnaeth y cwrci,
Eu bod hwy'n mynd i'r Hafod Wen
A chnoco'r ffermwr ar ei ben;
Ond pan ofynnwyd am help llaw,
Roedd pob un yn llawn o ofn a braw,
Er y gwyddai pawb drwy'r lle
Fod Nadolig yn nesáu.

Cytgan

4. Ac yna ymhen tipyn bach
Fe glywyd llais y mochyn,
"Foneddigion, un ac oll,
Rwy'n cynnig i ni fynd ar goll,
Rhai gyda'r afon, rhai gyda'r gwynt,
Rhai dros y caeau ar eu hynt,
I wlad lle nad oes unrhyw sôn
Fod Nadolig yn nesáu."

Cytgan

5. Aeth yr hwyaid gyda'r afon,
Aeth y clacwydd bant yn union,
Aeth y gwyddau lan i'r awyr las
Aeth yr asyn bach â hanner y das;
⊕Mi ddywedodd wrth y ceffyl llwyd
"Mae rhaid i ni gael digon o fwyd."
Mynte'r cwrci wrth y ci,
"Dere di Bisto gyda fi."
Aeth y ddau gyda'i gilydd yn eitha twt
I lawr y clos gan siglo'u cwt,
Aeth y fuwch a'r mochyn dros y ddôl,
Gadawodd y mochyn ei dwlc ar ôl.
Aeth y twrci gyda'r paun
Ma's drwy'r llidiart, lawr i'r waun,
Fe glywyd llais yr hen gym-bac,
"Rwy'n credu cymra' innau wac,"
Bant yr aeth e dros y bryn,
Ddwedodd e ddim "come-back" tro hyn!
Aeth yr afar lwyd a Titw'r gath;
Ni welwyd dim erioed o'r fath.
A byth oddi ar y diwrnod,
Ni welwyd hwy'n yr Hafod,
Maent un ac oll wedi newid byd
Maent gyda'i gilydd nawr i gyd
Yn hapus mewn rhyw hyfryd fan
Lle nad oes dim a ddaw i'w rhan,
Bwyd a diod drwy'r holl ddydd,
Pawb yn ddedwydd ac yn rhydd,
Neb yn bygwth, welwch chi
Fod Nadolig yn nesáu.⊕

Cytgan

Idwal Jones

Ailadroddwch y gerddoriaeth rhwng yr arwyddion ⊕ nes cwblhau'r geiriau.

Mae'r Flwyddyn yn Marw

trfn. Delyth Hopkins Evans

1. Mae'r flwyddyn yn marw, ei hamser a ddaeth;
O fil o gymylau ei hamdo a wnaeth.
Mae'r gwynt yn galaru a'r glaw red yn rhwydd,
A'r clychau yn tewi; ffarwél i'r hen flwydd.

2. Ond dyma flwydd newydd yn dyfod yn llon,
A phawb fel ei gilydd rônt groeso i hon.
Mae'r ifanc a'r henwr yn ysgafn ei droed,
A'r clychau yn canu mor llon ag erioed.

3. Mae'r diog yn sefyll, ond amser ni saf,
Ei hydref na'i aeaf, ei wanwyn na'i haf.
Cynyddu wna'r diwyd a'r gonest o hyd
O flwyddyn i flwyddyn, hyd ddiwedd y byd.

Ceiriog

Mae Robin yn Swil

Owain Alaw
trfn. Delyth Hopkins Evans

1. Mae Robin fy nghariad yn lliwgar a glân,
Ei foch fel y rhosyn a'i wallt fel y frân;
Mae Robin yn wisgi ac ysgafn ei droed,
Efô yw'r anwylaf a welais erioed;
Ond mae Robin yn swil,
Mae Robin yn swil,
Mae'n ofid i 'nghalon fod Robin yn swil.

2. Bydd Robin yn barod y gaeaf a'r haf
I'm nôl ac i'm hanfon ble bynnag yr af,
Heb ofyn am gusan rhag ofn ei nacáu,
A minnau'n hiraethu am roi iddo ddau;
Ond mae Robin yn swil,
Mae Robin yn swil,
Mae'n ofid i 'nghalon fod Robin yn swil.

3. Mae serch yn tywynnu o'i wyneb a'i wên,
Er hyn mae'n rhy wylaidd i agor ei ên
I gynnig ei gariad yn hoffus i mi,
I ddweud "Mari annwyl, fy nghalon wyt ti";
Ond mae Robin yn swil,
Mae Robin yn swil,
Mae'n ofid i 'nghalon fod Robin yn swil.

4. Os daw o ryw ddiwrnod rhwng hoffter a braw
I ddweud yn serchglwyfus, gan wasgu fy llaw,
"A gawn ni briodi, O! Mari fy mun?"
"Cawn, cawn Robin annwyl, os mynni, ddydd Llun."
Bydd Robin yn ddyn,
Bydd Robin yn ddyn,
O! iechyd i'w galon, bydd Robin yn ddyn.

Talhaiarn

Mari

trfn. Delyth Hopkins Evans

1. Mae bwthyn bach annwyl ar ochor y bryn,
   Ei do sydd o wellt ac mae'i wyneb yn wyn;
Ac yno yn trigo mae 'nghariad fach lon,
   A dyma'r creaduriaid sydd o gwmpas hon:

Cytgan

Mae 'na fuwch a llo a moch a hwch,
Hwyaid a ieir a cheffyl a bwch,
Defaid ac ŵyn, a mul a chi,
Mae'r cyfan yn eiddo i Mari.

2. Hen ŵr yw ei thad sydd bob amser yn llon,
   A gwên ar ei wyneb, a'i bwys ar ei ffon,
A chroeso i bawb a ddêl ato a rydd,
   Tra Mari yn brysur o'i gwmpas bob dydd –

Cytgan

Gyda'r fuwch a llo a moch a hwch,
Hwyaid a ieir a cheffyl a bwch,
Defaid ac ŵyn, a mul a chi,
Mae'r cyfan yn eiddo i Mari.

3. Es ato un noson i mofyn ei ferch,
   Gan ddywedyd mai hi oedd gwir eilun fy serch;
"Wel cei, neno'r annw'l, wel cei, neno'r tad,
   A chei gyda hi y stoc orau'n y wlad:

Cytgan

"Fe gei'r fuwch a llo a moch a hwch.
Hwyaid a ieir a cheffyl a bwch,
Defaid ac ŵyn, a mul a chi,
Mae'r cyfan yn eiddo i Mari."

4. Yfory fe genir hen glychau y llan
   A phobol y pentre yn tyrru i'r fan;
Ac yno priodir fy Mari a mi
   A gwelir yn dilyn y dyrfa ddi-ri:

Cytgan

Yr hen fuwch a llo a moch a hwch
Hwyaid a ieir a cheffyl a bwch,
Defaid ac ŵyn, a mul a chi,
Mae'r cyfan yn eiddo i Mari – a fi.

Mari Fach fy Nghariad

trfn. Delyth Hopkins Evans

1. Rhyw greadur bach o ffarmwr ydwyf,
Ces friw dan fy mron
Wrth ddilyn cwmpeini
Rhyw lodes fach lon:
Yr oedd honno yn un hollol
Ar gyflog yn byw
Ym mhalas Siôn Morgan
O Hafod y Rhiw.

Cytgan
Un mor annwyl, mor swynol,
Yr harddaf yn fyw,
Ydoedd Mari fach fy nghariad
O Hafod y Rhiw.

2. Roedd ganddi lygaid duon
Rhai gloywon – gwir yw;
A'i bochau fel rhosyn
Yn wridog eu lliw;
Roedd ei gwallt hi yn gudynnau,
Yn gyrliog a hir,
Wel, rown yn ei charu
A dwedyd y gwir.

Cytgan

3. Pan soniais am briodi,
Mi ddwedodd yn syn
Am beidio rhoi fy meddwl
Ar rywbeth fel hyn;
"Am na allaf eich caru,
Mi ddywedaf yn syth,
Yn wraig i hen ffarmwr
Ni ddeuaf i byth."

Cytgan

4. Y geiriau a lefarodd
Oedd wermod i mi,
Ochneidiais ac wylais
Fy nagrau yn lli;
Mi dorrais fy nghalon,
Mi deimlais i'r byw,
A ffarweliais â Mari
O Hafod y Rhiw.

Cytgan

Marwnad yr Ehedydd

trfn. Delyth Hopkins Evans

1. Mi a glywais fod yr hedydd
   Wedi marw ar y mynydd;
Pe gwyddwn i mai gwir y geirie,
   Awn â gyr o wŷr ag arfe
I gyrchu corff yr hedydd adre.

2. Mi a glywais fod yr hebog
   Eto'n fynych uwch y fawnog,
A bod ei galon a'i adenydd
   Wrth fynd heibio i gorff yr hedydd
Yn curo'n llwfr fel calon llofrudd.

3. Mi a glywais fod cornchwiglan
   Yn ei ddychryn i ffwrdd o'r siglan
Ac na chaiff, er dianc rhagddi,
   Wedi rhusio o dan y drysi,
Ond aderyn y bwn i'w boeni.

4. Mi a glywais gan y wennol
   Fod y tylwyth teg yn 'morol
Am arch i'r hedydd bach o risial
   Ac am amdo o'r pren afal,
Piti fâi dwyn pob petal.

5. Cans er dod â byddin arfog
   Ac er codi braw ar yr hebog,
Ac er y grisial ac er bloda,
   Er yr holl dylwyth teg a'u donia,
Ni ddaw cân yr hedydd adra.

Pennill 1: traddodiadol
Penillion 2–5: Cynan

Mentra, Gwen

trfn. Delyth Hopkins Evans

1. Amdanat ti mae sôn, Wennaf Wen, Wennaf Wen,
   O Fynwy fawr i Fôn, Wennaf Wen.
I'r castell acw heno
   Rhaid iti droi i huno,
Hen deulu iawn sydd ynddo,
   Da di mentra, mentra Gwen.

2. O'th flaen mae mynydd maith, Wennaf Wen, Wennaf Wen,
   Gwell iti dorri'th daith, Wennaf Wen.
Wel yn fy mraich gan hynny
   Yr awn gan benderfynu
Fod yn y castell lety,
   Da di mentra, mentra Gwen.

3. Fi pia'r castell hwn, Wennaf Wen, Wennaf Wen,
   Ti elli fyw mi wn, Wennaf Wen,
Yn wraig yng Nghastell Crogen,
   I'w barchu ef a'i berchen,
A chymer fi'n y fargen,
   Da di mentra, mentra Gwen.

Ceiriog

Merch Megan

trfn. Delyth Hopkins Evans

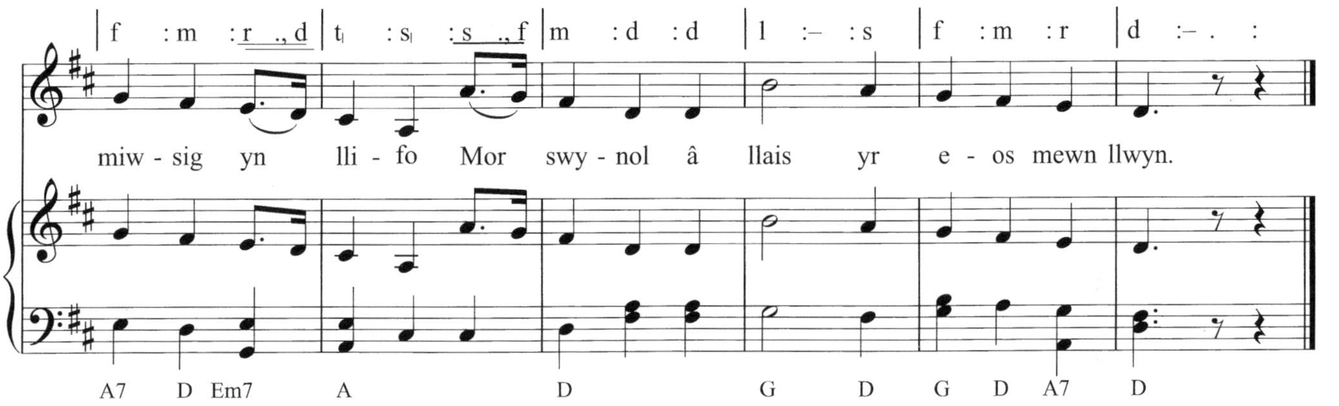

1. A welsoch chi ’rioed mo Elin ferch Megan
O gwmpas ei gwaith yn ddiwyd a llon?
Mae popeth a wnêl yn bleser i’w weled,
A’i gwên yn y tŷ fel heulwen ar don.
Bydd cysur a mwyniant o’i hwyneb yn twnnu
Wrth olchi a smwddio a gweithio’n ddi-gŵyn;
Yn beraidd o’i min bydd miwsig yn llifo
Mor swynol â llais yr eos mewn llwyn.

2. Mae Elin yn lân a gonest ei chalon,
Ei phurdeb a’i ffydd yn glodus drwy’n gwlad;
Caredig yw hi, a hoffus a thirion,
Anwylyd ei mam, llawenydd ei thad.
Ffynhonnell cysuron a thelyn anwyldeb
Fydd Elin f’anwylyd pan unir nyni;
Wrth deithio drwy’r byd mewn hedd a boddlondeb,
Dedwyddyd fydd hi bob munud i mi.

Talhaiarn

Merch y Melinydd

trfn. Delyth Hopkins Evans

1. Os yw fy annwyl gariad
   Yn caru dwy neu dair,
Ac yn eu cadw'n fodlon
   Bob marchnad a phob ffair,
O peidied yntau meddwl
   Fod hyn yn boen i mi,
Rwyf i mor rhydd ag yntau
   I garu dau neu dri.

2. 'Phrioda'i ddim eleni,
   Chwedleua'i ddim â neb;
Twyllodrus iawn yw meibion,
   A fedrant ddweud yn deg.
Pwy deced bo nhw'n gwedyd,
   O, gwaetha'i gyd y daw;
Llawenydd pob merch ieuanc
   Yw'i dewis ar ei llaw.

3. Os oes rhyw dair neu bedair
   Yn hoff ohono ef,
Mae gennyf innau bedwar
   Ar bymtheg yn y dref:
Ond nhw sy'n gweud fel yma,
   A nhw sy'n gweud fel hyn;
Dwyf fi ond gwenu arnynt,
   A dal fy serch yn dynn.

4. Fe wêd fy mod yn euog,
   Oherwydd gwrid fy moch:
Os gwrida ef yn welw,
   Mi wrida innau'n goch.
A gwedaf yn ei wyneb
   Ac wyneb dewr bob dyn:
Llawenydd Merch Melinydd
   Yw caru dim ond un.

Migldi Magldi

trfn. Delyth Hopkins Evans

1. Ffeind a difyr ydyw gweled
   Migldi magldi hei now now,
Drws yr efail yn agored
   Migldi magldi hei now now,
A'r go bach â'i wyneb purddu
   Migldi magldi hei now now,
Yn yr efail yn prysur chwythu
   Migldi magldi hei now now.

2. Ffeind a difyr hirnos gaea
   Migldi magldi hei now now,
Mynd i'r efail am y cynta
   Migldi magldi hei now now,
Pan fo rhew ac eira allan
   Migldi magldi hei now now,
Gorau pwynt fydd wrth y pentan.

3. Ffeind a braf yw sŵn y fegin
   Migldi magldi hei now now,
Gwrando chwedl, cân ac englyn,
   Migldi magldi hei now now,
Pan fo'r cwmni yn ei afiaith
   Migldi magldi hei now now,
Ceir hanesion llawer noswaith.

4. Pan ddaw'r môr i ben y mynydd
   Migldi magldi hei now now,
A'i ddwy ymyl at ei gilydd,
   Migldi magldi hei now now,
A'r coed rhosys yn dwyn fala,
   Migldi magldi hei now now,
Dyna'r pryd y cei di finna.

Penillion 2 a 3: Llew Tegid

Milgi Milgi

trfn. Delyth Hopkins Evans

1. Ar ben y bryn mae sgwarnog fach,
Ar hyd y nos mae'n pori,
A'i chefen brith a'i bola, bola gwyn
Yn hidio dim am filgi.

Cytgan

Milgi milgi, milgi milgi,
Rhowch fwy o fwyd i'r milgi,
Milgi milgi, milgi milgi,
Rhowch fwy o fwyd i'r milgi.

2. Ac wedi rhedeg tipyn tipyn bach
Mae'n rhedeg mor ofnadwy,
Ag un glust lan a'r llall i lawr,
Yn dweud ffarwél i'r milgi.

Cytgan

3. 'Rôl rhedeg sbel, mae'r milgi chwim
Yn teimlo'i fod e'n blino,
A gwelir ef yn swp, yn swp ar lawr
Mewn poenau mawr yn gwingo.

Cytgan

4. Ond dal i fynd wna'r sgwarnog fach
A throi yn ôl i wenu,
Gan sboncio'n heini dros y bryn
A dweud ffarwél i'r milgi.

Cytgan

Mil Harddach Wyt

trfn. Delyth Hopkins Evans

1. Mil harddach wyt na'r rhosyn gwyn,
   Na'r rhosyn coch ar ael y bryn,
   Na'r alarch balch yn nofio'r llyn,
   Fy maban bach.

2. Mwy swynol yw dy chwerthin mwyn
   Na chân y fronfraith yn y llwyn,
   Na murmur môr o ben y twyn,
   Fy maban bach.

3. Mwy annwyl wyt na'r oenig gwyn,
   Na'r blodau tlws ar ochrau'r bryn,
   Na dawnsio heulwen ar y llyn,
   Fy maban bach.

4. Mil gwell gen i nag aur y byd,
   Yw gweld dy wenau yn dy grud,
   Fy ffortiwn wyt, a gwyn fy myd,
   Fy maban bach.

Pennill 1: traddodiadol
Penillion eraill: R. Bryn Williams

Mi Welais Jac-y-Do

trfn. Delyth Hopkins Evans

Mi welais Jac-y-Do
  Yn eistedd ar ben to,
Het wen ar ei ben
  A dwy goes bren,
Ho, ho, ho, ho, ho, ho.

Modryb Neli

trfn. Delyth Hopkins Evans

Modryb Neli a’i chap melyn,
Ding y ling y ling, ding y ling ling ling,
Ddowch chi yma i fedi tipyn?
Ding y ling y ling, ding y ling ling ling,
Peidio â syrthio yn y rhychau,
Ding y ling y ling, ding y ling ling ling,
Lladd y gwair â phladur blwm,
Ding ling y ling, ding y ling ling ling,
Tröell gorun yn galed iawn,
A’r waun yn llawn o gerrig.
Ding ling y ling, ding y ling y ling ling,
Ding y ling ling ling,
Pridd y wadd, cerrig mân
A bonion o eithin ffyrnig.
Ding y ling ling, ding y ling y ling ling,
Ding y ling y ling ling, ding y ling ling ling.

Moliannwn

trfn. Delyth Hopkins Evans

1. Nawr lanciau, rhoddwn glod,
Y mae'r gwanwyn wedi dod,
Y gaeaf a'r oerni a aeth heibio;
Daw'r coed i wisgo'u dail,
A mwyniant mwyn yr haul,
A'r ŵyn ar y dolydd i brancio.

Cytgan
Moliannwn oll yn llon,
Mae amser gwell i ddyfod, Haleliwia,
Ac ar ôl y tywydd drwg
Fe wnawn arian fel y mwg,
Mae arwyddion dymunol o'n blaenau.
Ffwdl ladl la, ffwdl ladl la,
Ffwdl la la la la la,
Ffwdl ladl la, ffwdl ladl la,
Ffwdl la la la la la.

2. Daw'r Robin Goch yn llon
I diwnio ar y fron,
A cheiliog y rhedyn i ganu,
A chawn glywed wiparwhîl,
A llyffantod wrth y fil
O'r goedwig yn mwmian chwibanu.

Cytgan

3. Fe awn i lawr i'r dre,
Gwir ddedwydd fydd ein lle,
Cawn lawnder o ganu ac o ddawnsio,
A chwmpeini naw neu ddeg
O enethod glân a theg,
Lle mae mwyniant y byd yn disgleirio.

Cytgan

Benjamin Thomas

Morfa Rhuddlan

trfn. Delyth Hopkins Evans

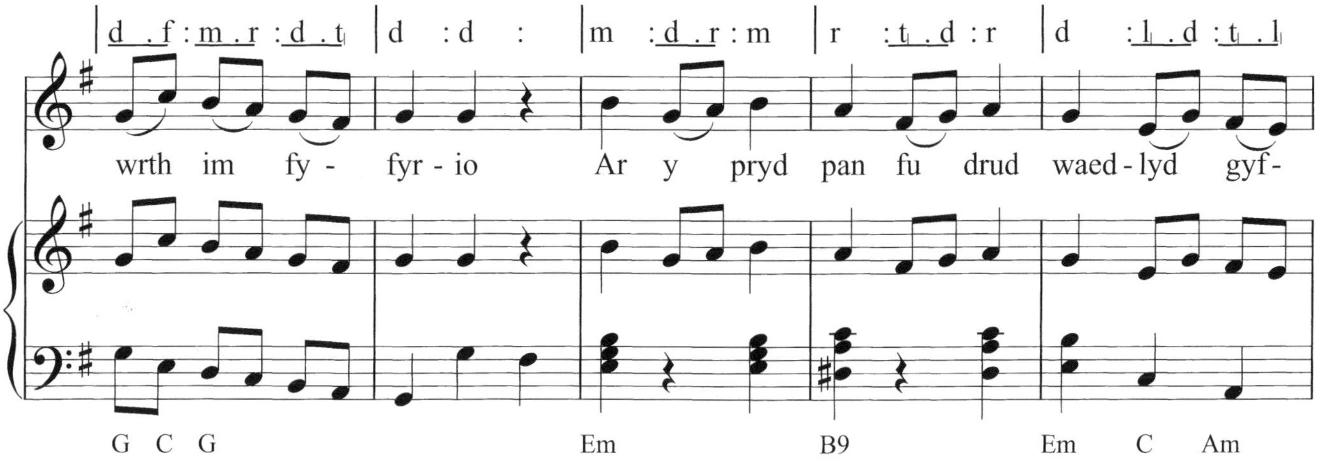

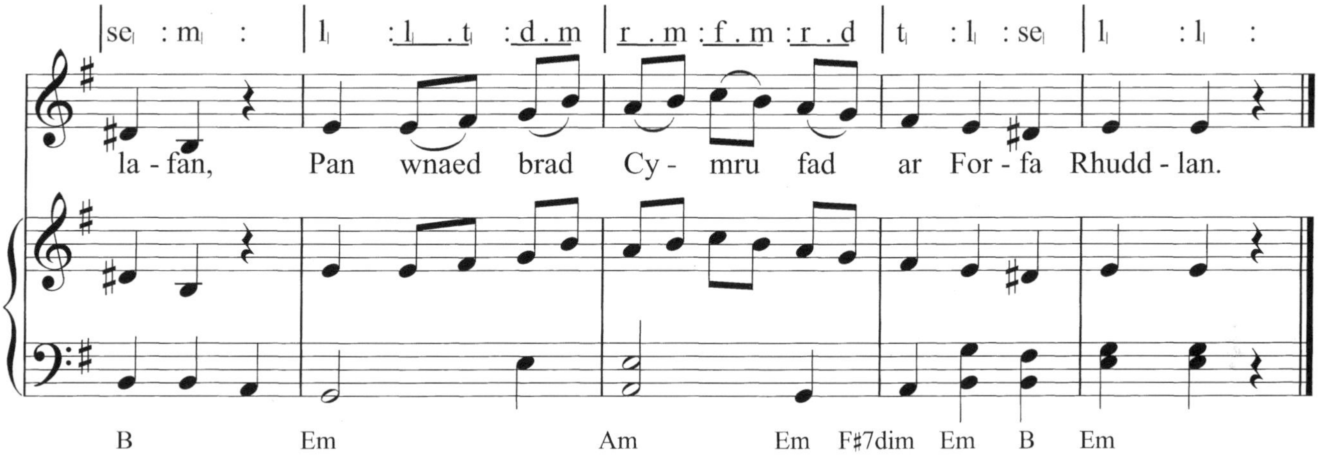

1. Cilia’r haul draw dros ael bryniau hael Arfon,
Llenni’r nos sy’n mynd dros ddôl a rhos weithion;
Pob rhyw chwa ymaith a gilia o’r llwyni,
Ar fy nghlust draw mae ust y don yn distewi.
Dan fy mron clywa’m llon galon yn curo
Gan fawr rym dicter llym wrth im fyfyrio
Ar y pryd pan fu drud waedlyd gyflafan,
Pan wnaed brad Cymru fad ar Forfa Rhuddlan.

2. Trwy y gwyll gwelaf ddull teryll y darian,
Clywaf si eirf heb ri’ arnynt yn tincian;
O’r bwa gwyllt mae’n gwau saethau gan sïo,
A thrwst mawr nes mae’r rhudd-wawr yn siglo;
Ond uwch sain twrf y rhain ac ochain y clwyfog,
Fry hyd nef clywir cref-ddolef Caradog,
“Rhag gwneud brad ein hen wlad, trown eu cad weithian,
Neu caed lloer ni yn oer ar Forfa Rhuddlan!”

Ieuan Glan Geirionydd

Y traddodiad yw bod yr alaw yn ein hatgoffa o’r gyflafan a fu yn y frwydr rhwng Caradog ac Offa, brenin Mersia, lle y lladdwyd Caradog a’i holl wŷr yn y flwyddyn 796.

Myfi Sy'n Magu'r Baban

Owain Alaw
trfn. Delyth Hopkins Evans

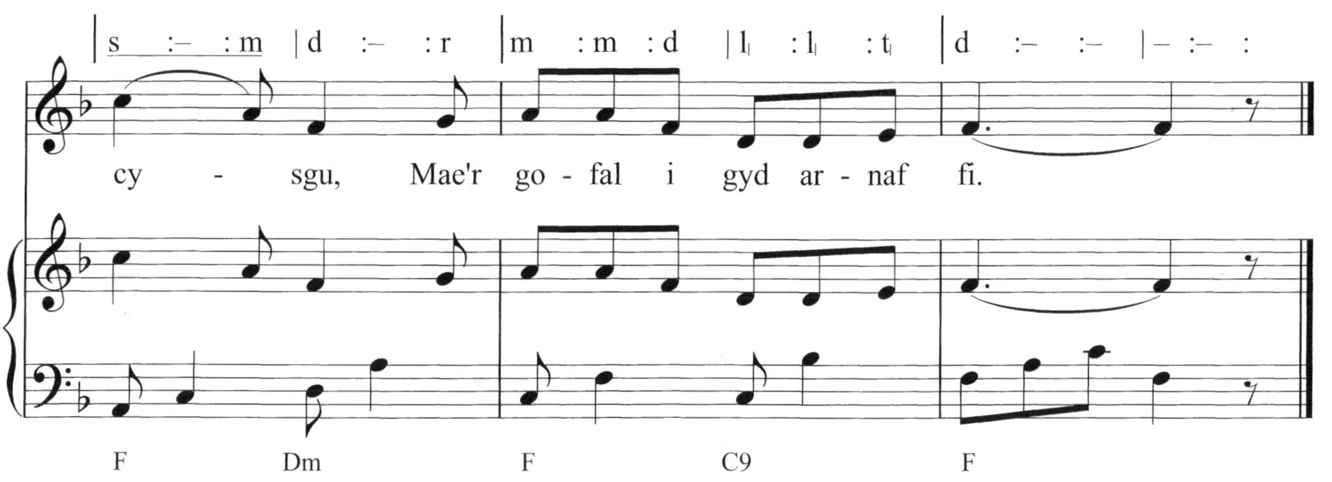

1. Myfi sy'n magu'r baban,
   Myfi sy'n siglo'r crud,
Myfi sy'n hwian, hwian,
   Ac yn hwian hwi o hyd;
Bu'n crio bore heddiw
   O hanner y nos tan dri,
Ond fi sy'n colli'm cysgu,
   Mae'r gofal i gyd arnaf fi.
Ond fi sy'n colli'm cysgu,
   Mae'r gofal i gyd arnaf fi.

2. Myfi sy'n magu'r plentyn
   Bob bore, pnawn a hwyr,
Y drafferth sy'n ei ganlyn,
   Fy hunan yn unig ŵyr.
Ni ŵyr ef air o Saesneg,
   Nac un gair o'n hen iaith ni,
I ddysgu'r t'wysog bychan,
   Mae'r gofal i gyd arnaf fi.
I ddysgu'r t'wysog bychan,
   Mae'r gofal i gyd arnaf fi.

3. Ond os caf fi ei fagu
   I fynd yn llencyn iach,
Caiff iaith brenhinoedd Cymru
   Fod rhwng ei ddwy wefus fach;
A phan ddaw ef yn frenin,
   Os na wnaiff fy nghofio i,
O! cofied wlad y cennin,
   Y wlad sydd mor annwyl i mi.
O! cofied wlad y cennin,
   Y wlad sydd mor annwyl i mi.

Ceiriog

Ysgrifennwyd hon ar gyfer *'Cantata Tywysog Cymru'* i'w chanu gan y wraig a ofalai am Dywysog Seisnig cyntaf Cymru.

Nant y Mynydd

trfn. Delyth Hopkins Evans

1. Nant y mynydd, groyw, loyw,
Yn ymdroelli tua'r pant,
Rhwng y brwyn yn sisial ganu;
O! na bawn i fel y nant!

Lan a lawr, lan a lawr,
Lan a lawr a lan a lawr,
Lan a lawr, lan a lawr,
Lan a lawr a lan a lawr.

2. Grug y mynydd yn eu blodau,
Edrych arnynt hiraeth ddug
Am gael aros ar y bryniau
Yn yr awel efo'r grug.

'Nôl a mlaen, 'nôl a mlaen etc.

3. Adar mân y mynydd uchel
Godant yn yr awel iach,
O'r naill drum i'r llall yn 'hedeg;
O! na bawn fel deryn bach!

Rownd a rownd, rownd a rownd etc.

4. Mab y mynydd ydwyf innau
Oddi cartref yn gwneud cân,
Ond mae 'nghalon yn y mynydd
Efo'r grug a'r adar mân.

Mewn a ma's, mewn a ma's etc.

Ceiriog

Nos Galan

trfn. Delyth Hopkins Evans

1. Oer yw'r gŵr sy'n methu caru
Ffa la la la la la la la la,
Hen fynyddoedd annwyl Cymru
Ffa la la la la la la la la.
Iddo ef a'u câr gynhesaf
Ffa la la la la la la la la,
Gwyliau llawen flwyddyn nesaf,
Ffa la la la la la la la la.

2. I'r helbulus, oer yw'r biliau
Ffa la la la la la la la la,
Sydd yn dyfod yn y Gwyliau
Ffa la la la la la la la la.
Gwrando bregeth mewn un pennill –
Ffa la la la la la la la la,
Byth na waria fwy na'th ennill,
Ffa la la la la la la la la.

3. Oer yw'r eira ar Eryri
Ffa la la la la la la la la,
Er bod gwrthban gwlanen arni
Ffa la la la la la la la la.
Oer yw'r bobol na ofalan'
Ffa la la la la la la la la,
Gwrdd â'i gilydd ar Nos Galan,
Ffa la la la la la la la la.

Ceiriog

Os Daw fy Nghariad

trfn. Delyth Hopkins Evans

1. Os daw fy nghariad i yma heno
   I guro'r gwydyr glas,
Rhowch ateb gweddus iddo,
   Na ddwedwch ddim yn gas;
Nad yw y ferch ddim gartref
   Na'i h'wyllys da yn y tŷ;
Llanc ifanc o'r plwy arall,
Llanc ifanc o'r plwy arall
   Sydd wedi mynd â hi.

2. Dywedwch wrtho nad wyf yn leicio
   Ei adael ef fel hyn;
Mi garwn glywed heno
   Ei fraich amdana'i'n dynn.
Ond llencyn o'r plwy arall
   A fynnodd fynd â mi;
Nid eiddo merch mo'i h'wyllys,
Nid eiddo merch mo'i h'wyllys,
   Mae arall trech na hi.

3. Mae llawer geneth fach lân i'w charu
   Oddi yma i ben draw'r sir,
A gwell fydd iddo geisio
   Un arall cyn bo hir.
Dywedwch hynny wrtho,
   A pheidiwch dweud yn gas,
Os daw fy nghariad heno,
Os daw fy nghariad heno
   I guro'r gwydyr glas.

Os Gwelwch yn Dda Ga'i Grempog?

trfn. Delyth Hopkins Evans

1. Modryb Elin Ennog,
   Os gwelwch yn dda ga'i grempog?
Cewch chithau de a siwgwr gwyn
   A phwdin lond eich ffedog.
Modryb Elin Ennog,
   Mae 'ngheg i'n grimp am grempog:
Mae Mam yn rhy dlawd i brynu blawd,
   A Siân yn rhy ddiog i nôl y triog,
A 'nhad yn rhy wael i weithio.
   Os gwelwch yn dda ga'i grempog?

2. Modryb Gwenno Elin,
   A ddowch chi at lyn y felin?
Mae'r alarch gwyn yn nofio'r llyn
   A'i ben o dan ei benelin.
Modryb Gwenno Elin,
   Mae olwyn ddŵr y felin
Yn mynd ar ei hynt yn gynt a chynt,
   A'r alarch a'i aden ar ôl yr hwyaden;
A ddowch chi, Modryb Elin,
   I fyny at lyn y felin?

Pennill 2: T. Gwynn Jones

Paid â Deud

trfn. Delyth Hopkins Evans

1. Os yw'th galon bron â thorri,
   Paid â deud;
Am fod serch dy fron yn oeri,
   Paid â deud;
Ac os chwalu mae d'obeithion,
   Paid â deud;
Ni ddaw neb i drwsio'th galon,
   Paid â deud.

2. Pan fo stormydd byd yn gwgu,
   Paid â deud;
A gelynion am dy faeddu,
   Paid â deud;
Ac os weithiau byddi'n llwyddo,
   Paid â deud;
Hawdd i'th lwydd fynd trwy dy ddwylo
   Wrth it ddeud.

Pant Corlan yr Ŵyn

trfn. Delyth Hopkins Evans

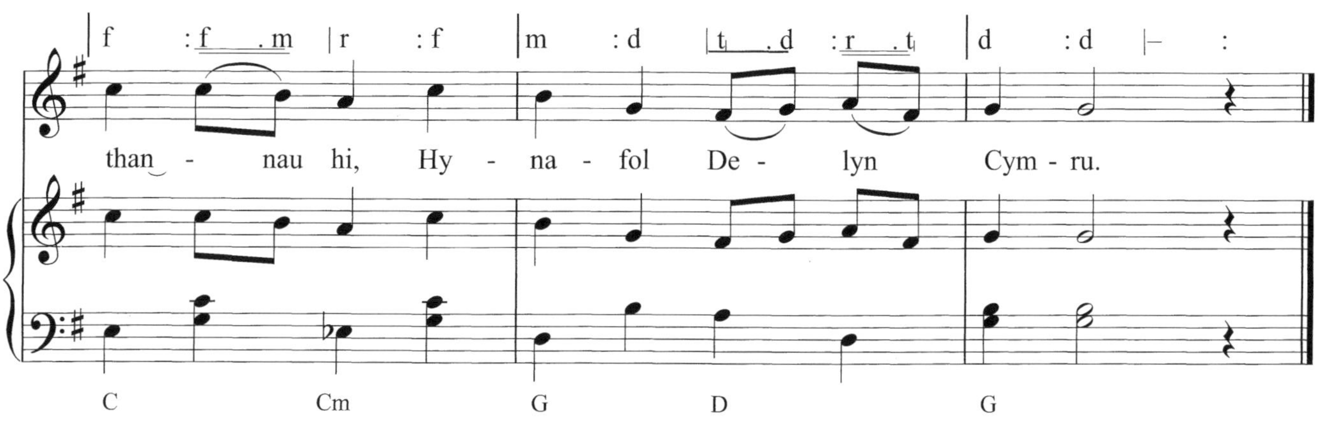

1. Os parod ych yn ddiwahân
   I esgusodi Cymro glân,
   Fe ganaf i chwi bwt o gân
   A wnes i Delyn Cymru.
   Y delyn hon, diaddurn iawn
   Ei charfan main a'i thannau rhawn,
   Ond mae y deircainc eto'n llawn,
   Ac ysbryd dewr ein tadau ni
   Yn llercian ar ei thannau hi,
   Hynafol Delyn Cymru.

2. Myfi, fe allai, sydd ar fai –
   Mae pawb yn feius fwy neu lai –
   Ond gwared fi rhag rhagfarn rhai
   Yn erbyn Telyn Cymru.
   Mae ambell un yn hoffi sŵn
   Y clarionét neu'r bas basŵn,
   Ac ambell Gadi, fel babŵn,
   Wrandawai fyth ar hen drambŵn;
   Ond waeth gen i glywed band o gŵn,
   O! na chaf Delyn Cymru.

3. Nawr cofiwch hyn, bob mab a mun –
   Fel dŵr y nant a'i gloewa'i hun
   Mewn murmur-gerdd, 'run fath mae dyn
   Mewn miwsig yn ymburo.
   Mewn pur gerddoriaeth chwyddol gref
   Dyrchefir ei ysbrydoedd ef,
   Nes teimlo bron wrth byrth y nef;
   Ond dyn di-gerdd, difywyd, llwfr,
   Mae fel y distaw farw ddwfr,
   I'w ochel rhag mynd ato.

Ceiriog

Pe Cawn i Hon

trfn. Delyth Hopkins Evans

1. Pe cawn i hon yn eiddo i mi
O galon yn fy ngharu,
Ni fynnwn ddim o'i chyfoeth hi
Rhag ofn i'm serch glaearu;
Mae rhywbeth yn ei gwisg a'i gwedd
Ac yn ei hagwedd hygar,
Rhaid iddi fod yn eiddo fi
Tra byddom ar y ddaear.

2. Pe cawn i hon yn eiddo i mi,
O! fel y gwnawn ei mynwesu.
Mae dweud ei henw ar hin oer
Yn gwneud i'm corff gynhesu.
Ond pe bai hi yn eiddo imi
A'i serch yn dal yn glaear,
Ni fynnwn i mo hon i chi
Ar gyfrif ar y ddaear.

Pedoli

trfn. Delyth Hopkins Evans

Pedoli, pedoli, pedoli bidinc,
Mi fynnaf bedoli pe costiai imi bunt;
Pedol yn ôl a phedol ymlaen,
Pedol yn eisiau o dan y droed aswy,
Bidinc, bidinc, bidinc,
Bidinc, bidinc, bidinc.

Pistyll y Llan

1. Mae pistyll hynafol yn ymyl y llan,
A draenen ganghennog yn gysgod i’r fan.
O’i gylch mae genethod y bore a’r nawn
Yn disgwyl dan ganu a’u llestri yn llawn.
Gwenu’n llon o ddydd i ddydd
Mae y ffrwd risialog rydd,
Nid yw’n cwyno ar ei byd
Er rhoi a rhoi o hyd.

Cytgan

2. Gwyn fyd na fai tafod gan bistyll y llan
I adrodd y chwedlau ga’u dweud gylch y fan;
Mae’n rhaid cael rhyw hanes, un newydd neu hen,
I aros i’r pistyll i lenwi y stên.
Ond fe dreuliwyd oriau ’nghyd
Ar ôl llenwi’r stên i gyd;
Ac os triniai mamau rai,
Y pistyll gâi y bai.

Cytgan

3. Am gadw cyfrinach y merched i gyd,
Does neb fel y pistyll o bobl y byd.
Dioda a golcha i fawr ac i fân,
A cheidw ei hunan trwy’r cyfan yn lân.
Dysgwn wersi’r pistyll bach
Tra yn drachtio’i ddyfroedd iach,
Ac ymunwn yn y gân
Sydd gan y merched glân.

Cytgan
Mae’r merched yn canu cân felys
Gan foli y dŵr gloyw glân,
A’r pistyll yn gwenu wrth glywed y gân.

Mynyddog

Pwsi Meri Mew

trfn. Delyth Hopkins Evans

1. Pwsi Meri Mew,
Ble collaist ti dy flew?
Wrth fynd i lwyn tew
Ar yr eira mawr a'r rhew.
Pa groeso gest ti yno?
Beth gefaist yn dy ben?
Ces fara haidd du coliog
A llaeth yr hen gaseg wen;
Ces fara haidd du coliog
A llaeth yr hen gaseg wen.

2. Pwsi Meri Mew
Ble llosgaist ti dy flew –
Hardd, loyw hirflew,
Siaced sidan, darian dew?
Wrth orwedd ar y marwor
A'r lludw wrth y tân,
Am nad yw Modryb Gaenor
Yn cadw ei thŷ yn lân;
Am nad yw Modryb Gaenor
Yn cadw ei thŷ yn lân.

3. Pwsi lawen lân,
Ble gefaist ti dy gân?
Ger pant y pentan
Cân o grynion nodau mân;
Mi cefais hi gan Mam-gu
Ar aelwyd yn y wlad
Pan ganai fi i gysgu,
Cân ddysgodd hi gan ei thad;
Pan ganai fi i gysgu,
Cân ddysgodd hi gan ei thad.

Penillion 2 a 3: Llew Tegid

Rew Di Ranno

trfn. Delyth Hopkins Evans

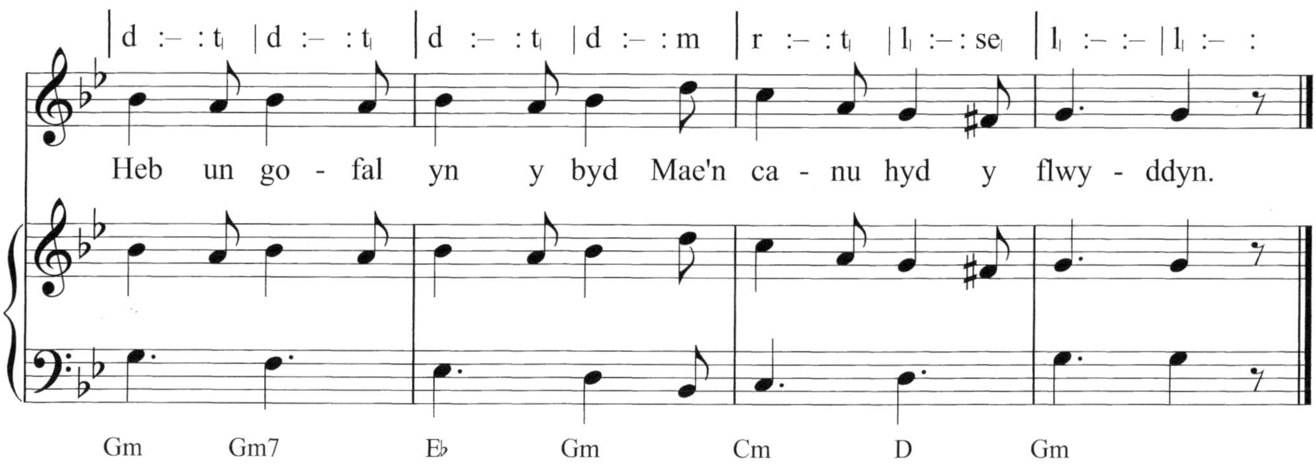

1. Di-ofal yw’r aderyn,
   Ni hau, ni fed un gronyn,
   Heb un gofal yn y byd
   Mae’n canu hyd y flwyddyn.

Cytgan
Dymili, dymili, dymili, dymili,
Dymili, dymili, dymili, dymili,
Dymili, dymili, dymili, dymili,
Rew di rew di ranno,
Rew di rew di ranno,
Heb un gofal yn y byd
Mae’n canu hyd y flwyddyn.

2. Fe fwyty swper heno,
   Heb wybod ’mhle mae’i ginio;
   Dyna’r modd y mae yn byw
   A gad i Dduw arlwyo.

Cytgan

Robin Ddiog

trfn. Delyth Hopkins Evans

1. Mae gen i dipyn o dŷ bach twt,
O dŷ bach twt, o dŷ bach twt;
Mae gen i dipyn o dŷ bach twt,
A'r gwynt i'r drws bob bore.
Hai di ho, di hai di hai di ho,
A'r gwynt i'r drws bob bore.

2. Agorwch dipyn o gil y drws,
O gil y drws, o gil y drws;
Agorwch dipyn o gil y drws,
Gael gweld y môr a'r tonne.
Hai di ho, di hai di hai di ho,
Gael gweld y môr a'r tonne.

Roedd 'na Ferch Fach yn Byw yn yr Hafod

trfn. Delyth Hopkins Evans

1. Roedd 'na ferch fach yn byw yn yr Hafod,
Yr Hafod, yr Hafod, yn yr Hafod;
Roedd 'na ferch fach yn byw yn yr Hafod,
Y lanaf o ferched y byd,
Y lanaf o ferched y byd.

2. Un bore fe'i gwelais hi'n godro,
Yn godro, yn godro, yn godro,
Un bore fe'i gwelais hi'n godro,
A gofynnais, "Wyt ti eisie help llaw?"
A gofynnais, "Wyt ti eisie help llaw?"

3. Atebodd, "Oes gennych chi stôl, syr?"
"Stôl, syr? Stôl, syr? Stôl, syr?"
Atebodd, "Oes gennych chi stôl, syr?
Does dim lle ar hon i ddau,
Does dim lle ar hon i ddau."

4. Wedyn fe aethom am dro bach,
Am dro bach, am dro bach, am dro bach;
Wedyn fe aethom am dro bach
I ymyl yr hen domen dail,
I ymyl yr hen domen dail.

5. Ac yno ces galon i ofyn,
I ofyn, i ofyn, i ofyn,
Ac yno ces galon i ofyn,
"F'anwylyd, wnei di 'mhriodi i?
F'anwylyd, wnei di 'mhriodi i?"

6. Eisteddodd am dipyn i feddwl,
I feddwl, i feddwl, i feddwl;
Ac yna gan wenu, dywedodd,
"Mae 'na le ar y stôl i ddau,
Mae 'na le ar y stôl i ddau."

Rownd yr Horn

trfn. Delyth Hopkins Evans

1. Daeth amser i ffarwelio
 Ag annwyl wlad y Cymro,
Gan gerdded dros hen dir y Werddon fras;
 Fe gododd gwynt yn nerthol
Y môr a'i donnau rhuthrol,
 Gan olchi dros ein llestr annwyl glas.

Cytgan

2. Rwyf wedi mynd a dŵad
 Mewn llongau hardd eu gwelad,
Ond dyma'r wyrcws benna gefais i:
 Does yma ddim i'w fwyta,
Ond gwaith sy lond ein breichia –
 O galon, pwy all beidio bod yn brudd?

Cytgan

Cytgan
Dewch Gymry glân i wrando ar fy nghân,
 Fel bu y fordaith rownd yr Horn, rownd yr Horn,
Sef y trydydd dydd o'r wythnos,
 Ychydig cyn y cyfnos,
Gan basio ger glân greigiau glannau Môn.

Rhyfelgyrch Capten Morgan

trfn. Delyth Hopkins Evans

1. Rhwym wrth dy wregys gleddyf gwyn dy dad;
   Atynt, fy machgen! tros dy wlad;
Mwg y pentrefydd gyfyd gyda'r gwynt,
   Draw dy gymrodyr ânt yn gynt.
Sych dy ddagrau, ar dy gyfrwy naid,
   Gwrando'r saethau'n suo fel seirff di-baid;
Wrth dy fwa, hyn wna'th fraich yn gref,
   Cofia am dy dad, fel bu farw ef.

2. Marchog i'w canol! dangos dy arfbais,
   Cyfod goch faner, dychryn Sais!
Chwyth yr hen utgorn a ferwina'i glust,
   Byw o'i enciliad bydd yn dyst.
Sŵn gorfoledd, clyw yr ennyd hon,
   Bloeddio "Buddugoliaeth!" tros Foel-y-don;
Bendith arnat, dos yn enw'r Nef!
   Cofia am dy dad, fel bu farw ef.

Ceiriog

Yn ôl y traddodiad, alaw oedd hon a ddefnyddid ar adeg o wrthryfel ym Morgannwg yn erbyn y brenin Edward 1, tua 1294.

1. Henffych i'n Prifardd ar fuddugol hynt,
   Seiniwch ei enw i'r pedwar gwynt.
Hwn ydyw brenin beirdd yr Ŵyl i gyd –
   Cenwch yr utgorn i bedwar ban byd.
Henffych, Brifardd! Gweiniwyd llafn y Cledd,
   Bloeddiodd yr Eisteddfod yn unfryd, "Hedd!"

2. Cenwch, gyd-wladwyr, heddiw'n ddiwahardd,
   Cenwch wrogaeth i Gadair y Bardd,
Gorsedd dehonglwr ein breuddwydion mud,
   Gorsedd y Gwir yn erbyn y Byd.
Henffych, Brifardd! Gweiniwyd llafn y Cledd,
   Bloeddiodd yr Eisteddfod yn unfryd, "Hedd!"

3. Ninnau, gymrodyr, eiliwn ein boddhad;
   Calon wrth Galon yw cri'r Corn Gwlad,
Llygad Goleuni beunydd ar ei lwydd,
   Duw a phob daioni iddo'n rhwydd.
Henffych, Brifardd! Gweiniwyd llafn y Cledd,
   Bloeddiodd yr Eisteddfod yn unfryd, "Hedd!"

Cynan

Dyma'r gân a genir i gyfarch y Prifardd yn Seremoni Cadeirio'r Bardd yn yr Eisteddfod Genedlaethol; dyblir y cwpled olaf fel cytgan i bob pennill.

Rhyfelgyrch Gwŷr Harlech

trfn. Delyth Hopkins Evans

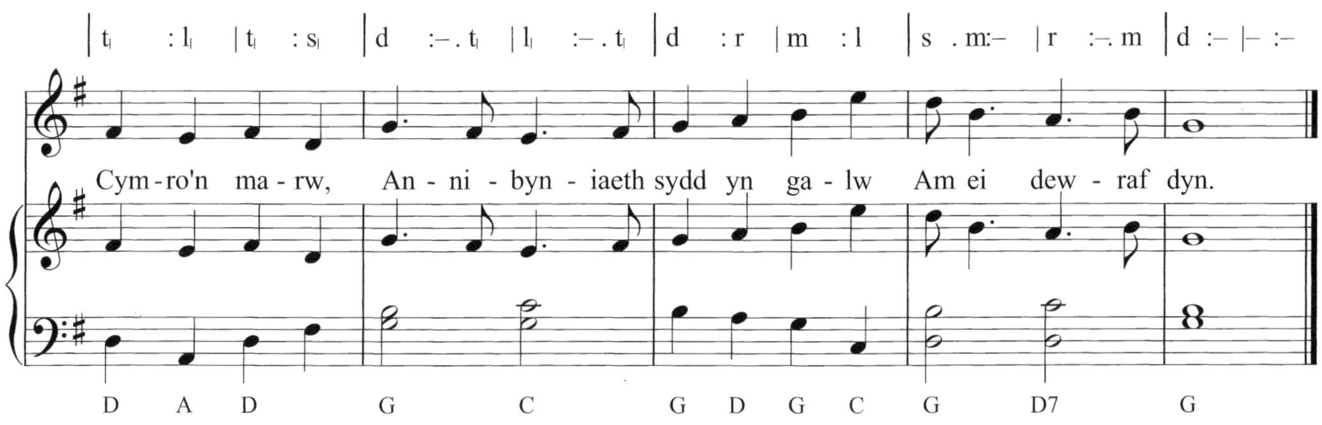

1. Wele goelcerth wen yn fflamio,
   A thafodau tân yn bloeddio
   Ar i'r dewrion ddod i daro
   Unwaith eto'n un.
   Gan fanllefau tywysogion,
   Llais gelynion, trwst arfogion,
   A charlamiad y marchogion,
   Craig ar graig a grŷn!
   Arfon byth ni orfydd,
   Cenir yn dragywydd;
   Cymru fydd fel Cymru fu,
   Yn glodus ymysg gwledydd,
   Yng ngwyn oleuni'r goelcerth acw
   Tros wefusau Cymro'n marw,
   Annibyniaeth sydd yn galw
   Am ei dewraf dyn.

2. Ni chaiff gelyn ladd ac ymlid:
   Harlech! Harlech! Cwyd i'w herlid;
   Y mae Rhoddwr mawr ein rhyddid
   Yn rhoi nerth i ni.
   Wele Gymru a'i byddinoedd
   Yn ymdywallt o'r mynyddoedd,
   Rhuthrant fel rhaeadrau dyfroedd,
   Llamant fel y lli.
   Llwyddiant i'n lluyddion!
   Rhwystro bâr yr estron!
   Gwybod yn ei galon gaiff
   Fel bratha cleddyf Brython;
   Y cledd yn erbyn cledd a chwery,
   Dur yn erbyn dur a dery;
   Wele faner Gwalia i fyny,
   Rhyddid aiff â hi.

Ceiriog

Geiriau yn cofnodi gwarchae ar gastell Harlech yn ystod y bymthegfed ganrif, gan William Herbert, Iarll Penfro, ar orchymyn Edward IV.

Serch Hudol

trfn. Delyth Hopkins Evans

Serch hudol swyn
  Sy'n llanw'r llwyn
Pan fo myrdd o adar mwyn
  Yn canu yn y coed.
Mae anian oll yn canu 'nghyd,
  Does dim yn fyddar nac yn fud,
Mae mwy o fiwsig yn y byd
  Na thybiodd neb erioed.
Corau'r Wynfa Wen
  A ganant byth heb ddod i ben,
Mae'r delyn aur gan deulu'r nen
  Yng ngwyddfod Duw ei hun.
Mae anian oll yn canu 'nghyd,
  Does dim yn fyddar nac yn fud,
Mae mwy o fiwsig yn y byd
  Na thybiodd neb erioed.

Si Hei Lwli

trfn. Delyth Hopkins Evans

1. Si hei lwli 'mabi,
Mae'r llong yn mynd i ffwrdd.
Si hei lwli 'mabi,
Mae'r capten ar y bwrdd.
Si hei lwli lwli lws,
Cysga, cysga 'mabi tlws;
Si hei lwli 'mabi,
Mae'r llong yn mynd i ffwrdd.

2. Si hei lwli 'mabi,
Y gwynt o'r dwyrain chwyth;
Si fy mabi lwli
Mae'r wylan ar ei nyth.
Si hei lwli lwli lws,
Cysga, cysga 'mabi tlws;
Si hei lwli 'mabi,
Y gwynt o'r dwyrain chwyth.

Siôn Corn

trfn. Delyth Hopkins Evans

1. Pwy sy'n dŵad dros y bryn
   Yn ddistaw, ddistaw bach?
A'i farf yn llaes a'i wallt yn wyn,
   A rhywbeth yn ei sach.
A phwy sy'n eistedd ar y to
   Ar bwys y simdde fawr?
Siôn Corn! Siôn Corn! Helô! Helô!
   Tyrd yma, tyrd i lawr!

2. Mae'r saith rhyfeddod yn dy sach,
   Gad inni weled un,
A rho ryw drysor bychan bach
   Yn enw Mab y Dyn.
Mae'r gwynt yn oer ar frig y to
   Mae yma ddisgwyl mawr:
Siôn Corn! Siôn Corn! Helô! Helô!
   Tyrd yma, tyrd i lawr!

J. Glyn Davies

Sosban Fach

trfn. Delyth Hopkins Evans

1. Mae bys Meri Ann wedi brifo,
A Dafydd y gwas ddim yn iach;
Mae'r baban yn y crud yn crio,
A'r gath wedi sgrapo Joni bach.

Cytgan
Sosban fach yn berwi ar y tân,
Sosban fawr yn berwi ar y llawr,
A'r gath wedi sgrapo Joni bach.

Dai bach y sowldiwr,
Dai bach y sowldiwr,
Dai bach y sowldiwr,
A chwt 'i grys e ma's.

2. Mae bys Meri Ann wedi gwella,
A Dafydd y gwas yn ei fedd;
Mae'r babi yn y crud wedi tyfu
A'r gath wedi huno mewn hedd.

Cytgan

Suo Gân

trfn. Delyth Hopkins Evans

1. Huna blentyn ar fy mynwes,
Clyd a chynnes ydyw hon.
Breichiau mam sy'n dynn amdanat,
Cariad mam sy dan fy mron.
Ni chaiff dim amharu'th gyntun,
Ni wna un dyn â thi gam,
Huna'n dawel, annwyl blentyn,
Huna'n fwyn ar fron dy fam.

2. Huna'n dawel heno, huna,
Huna'n fwyn, y tlws ei lun;
Pam yr wyt yn dlws yn gwenu,
Gwenu'n dirion yn dy hun?
Ai angylion fry sy'n gwenu
Arnat ti, yn gwenu'n llon?
Tithau'n gwenu'n ôl dan huno,
Huno'n dawel ar fy mron.

3. Paid ag ofni – dim ond deilen
Gura, gura ar y ddôr;
Paid ag ofni, ton fach unig
Sua, sua ar lan y môr.
Huna blentyn, nid oes yma
Ddim i roddi iti fraw;
Gwena'n dawel yn fy mynwes
Ar yr engyl gwynion draw.

Robert Bryan

Tasa Gen i Ful

trfn. Delyth Hopkins Evans

Tasa gen i ful bach a hwnnw'n 'cau mynd,
  Faswn i'n ei guro fo?
Wel na faswn ddim.
  Ei roi yn y stabal
Â ffid o India corn,
  Y mul bach gorau fu rioed mewn trol.
Gee up Nedi, Gee up Nedi,
  Y mul bach gorau fu rioed mewn trol.

Teg Oedd yr Awel

trfn. Delyth Hopkins Evans

1. Teg oedd yr awel a glas oedd y môr,
A gwych oedd bod wrth y llyw;
A sŵn y dŵr wrth ei chwalu 'mlaen
Yn esmwyth ar y clyw.
A'r holl hwyliau yn llawn
Ac yn tynnu yn iawn,
Er ystalwm ar fflat Huw Puw.

2. Sidan ei hwyliau, a gwynnach na gwyn,
Hi gerddai fel rhywbeth byw;
A chlychau arian oedd am ei mast,
Ac aur oedd am ei llyw.
Ni wn i pa saer coed
Fedrai lunio erioed
Long mor berffaith â fflat Huw Puw.

3. Pan ddaw yr awr imi wrando ar sŵn
Y moroedd ar draethell Duw,
A'r niwl yn cerdded i mewn o'r môr
Nes cuddio tir y byw,
Ni ddymunwn yn wir
Ond cael gadael y tir
Am ryw nefoedd ar fflat Huw Puw.

J. Glyn Davies

Tiwn Sol-ffa

trfn. Delyth Hopkins Evans

|d':–:–|–:–: s |d' : t : l | s:–: s |d' : t : l | s:–: s |d' : t : l | s : l : s | f : m: r | d:–: s | s :–: s| d':–: s
do, So do ti la so, so do ti la so, So do ti la so la so ffa mi re do. Wel dy - na fo, wel
C G7 C C
| s :–: s | d':–: s |d' : t : l | s :–: d' |m' : r' : d' | r':–: d' | s : l : t | d' : r' : d' | t : l : t | d':–: s
dy - na fo, So do ti la so, do mi re do re, Do so la ti do re do ti la ti do, So
G C G G7 C
|d' : t : l | s :–: d' |m' : r' : d' | r':–: d' | s : l : t | d' : r' : d' | t : l : t | d':–: s |m : f : s | f : s : l
do ti la so, do mi re do re, Do so la ti do re do ti la ti do, So mi ffa so ffa so la
G C G G7 C Dm
| s : l : t | d' : r' : t |d':–:–| s :–: s |d':–:–| s :–: s |d':–:–| d':–: d' | l :–: l | t:–:– | t : l : t | d':– :
so la ti do re ti do, So so do, so so do, do do la la ti, ti la ti do.
Em F G C G C G C F G G G7 C

1. Ar fore hafddydd hyfryd
   Yn nechrau'r gwanwyn hardd,
Aderyn bychan ganai
   Ar frigyn yn yr ardd.
Roedd gwrando'i lais perorol
   Oddi ar y brigyn bach
Yn gwahodd pawb i ganu
   A feddai galon iach.

Cytgan

Cydganwn oll yn hyfryd
   Nes atsain trwy y fro,
Yn iaith y sol-ffayddion
   Fe ganwn so la ti do,
So do ti la so, so do ti la so,
   So do ti la so la so ffa mi re do.
Wel dyna fo, wel dyna fo,
   So do ti la so, do mi re do re,
Do so la ti do re do ti la ti do,
   So do ti la so, do mi re do re,
Do so la ti do re do ti la ti do,
   So mi ffa so ffa so la so la ti do re ti do,
So so do, so so do, do do la la ti, ti la ti do.

2. Os eir i gwr y goedwig
   A chlywed lleisiau fyrdd,
Fel seiniau telynorion
   Ymhlith y cangau gwyrdd,
A chyngan mwyn yr awel
   I'w clywed bob yn ail
Yn chwarae eu cyfeiliant
   Wrth lithro rhwng y dail.

Cytgan

Ton Ton Ton

trfn. Delyth Hopkins Evans

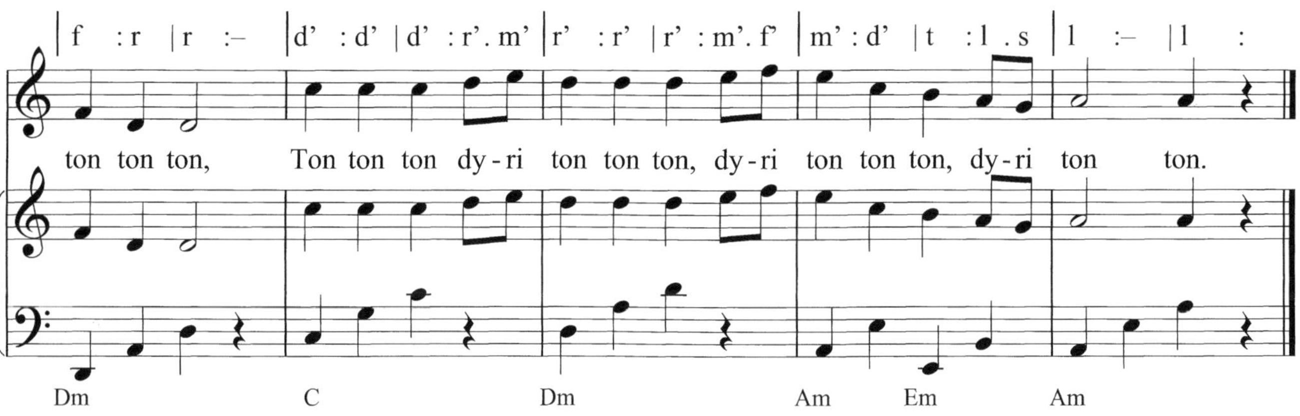

1. Mae gen i fuwch wynebwen lwyd,
   Ie fyth, wynebwen lwyd,
   Mae gen i fuwch wynebwen lwyd,
   Na fynn ond fi i'w bwydo;
   A iâr fach ddu â chynffon wen,
   Ie fyth, â chynffon wen,
   A iâr fach ddu â chynffon wen,
   Ar ucha'r pren yn clwydo;
   Ton ton ton dyri ton ton ton, dyri ton ton ton, dyri ton ton ton,
   Ton ton ton dyri ton ton ton, dyri ton ton ton, dyri ton ton.

2. Saith o adar mân y to,
   Ie adar mân y to,
   Saith o adar mân y to
   Yn ffraeo wrth daflu disiau;
   A'r dylluan â'i phig gam,
   Ie'r dylluan â'i phig gam,
   A'r dylluan â'i phig gam,
   Yn chwerthin am eu pennau;
   Ton ton ton dyri ton ton ton, dyri ton ton ton, dyri ton ton ton,
   Ton ton ton dyri ton ton ton, dyri ton ton ton, dyri ton ton.

3. Mae gen i 'sgyfarnog gota goch,
   Ie 'sgyfarnog gota goch,
   Mae gen i 'sgyfarnog gota goch
   A dwy gloch wrthi'n canu;
   Ie dau faen melin yw ei phwn,
   A dau faen melin yw ei phwn,
   Ie dau faen melin yw ei phwn
   Yn maeddu milgwn Cymru;
   Ton ton ton dyri ton ton ton, dyri ton ton ton, dyri ton ton ton,
   Ton ton ton dyri ton ton ton, dyri ton ton ton, dyri ton ton.

Torth o Fara

trfn. Delyth Hopkins Evans

1. Mi roeddwn i fy hun ryw ddiwrnod,
Ffal di di rai dal dadl am do,
Mynd i 'mweld â phobol yr Hafod,
Ffal di di rai dal dadl am do;
Torth o fara oedd gen i'n bresant,
Ffal di di rai dal dadl am do,
Ddygaswn inne'n ddigon desant,
Ffal di di rai dal dadl am do.

2. Pan es i gynta i goed y rhiwie,
Ffal di di rai dal dadl am do,
Syrthio wnes i ac ar fy nglinie,
Ffal di di rai dal dadl am do;
Syrthio wnaeth y dorth yn union,
Ffal di di rai dal dadl am do,
Dechrau bowlio rhyngddi a'r afon,
Ffal di di rai dal dadl am do.

3. Doedd dim iws i mi mo'r bloeddio,
Ffal di di rai dal dadl am do,
Na gofyn iddi wnaiff hi stopio,
Ffal di di rai dal dadl am do;
Bowlio roedd a mynd mor handi,
Ffal di di rai dal dadl am do,
Canes inne ffarwel iddi,
Ffal di di rai dal dadl am do.

4. Wele morwyn Robet Simon,
Ffal di di rai dal dadl am do,
Llyfnu roedd tu draw i'r afon,
Ffal di di rai dal dadl am do;
Doedd dim modd ei hestyn imi,
Ffal di di rai dal dadl am do,
Drwy ffasiwn ddŵr a drain a drysni,
Ffal di di rai dal dadl am do.

5. Es i fan honno dros fy sgidie,
Ffal di di rai dal dadl am do,
Disgwyl cael y dorth yn dipie,
Ffal di di rai dal dadl am do;
Diolch byth, mi roedd yn gyfan
Ffal di di rai dal dadl am do,
Dim briwsionyn doedd ohoni,
Ffal di di rai dal dadl am do.

Dybler 8 bar olaf y gerddoriaeth ar gyfer y geiriau isod

Taswn inne'n medru canu,
Ffal di di rai dal dadl am do,
Canu'n well y baswn iddi,
Ffal di di rai dal dadl am do.

Tra Bo Dau

trfn. Delyth Hopkins Evans

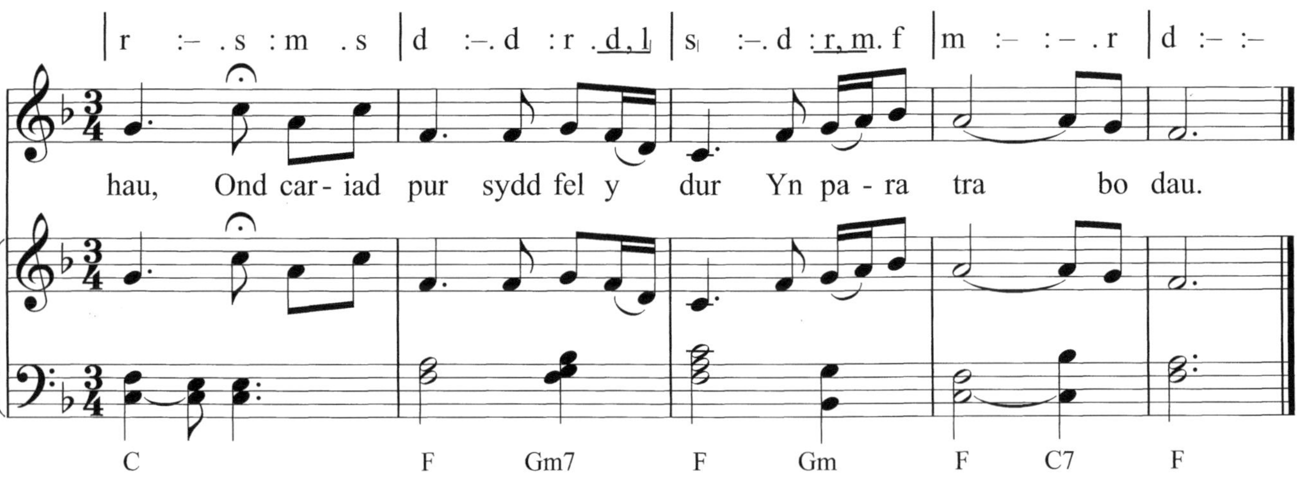

1. Mae'r hon a gâr fy nghalon i
   Ymhell oddi yma'n byw,
A hiraeth am ei gweled hi
   A'm gwnaeth yn llwyd fy lliw;
Mil harddach yw y deg ei llun
   Na gwrid y wawr i mi,
A thrysor mwy yw serch fy mun
   Na chyfoeth byd a'i fri.

Cytgan
Cyfoeth nid yw ond oferedd,
Glendid nid yw yn parhau,
Ond cariad pur sydd fel y dur
Yn para tra bo dau.

2. Os claf o serch yw 'nghalon i,
   Gobeithio'i bod hi'n iach;
Rwy'n caru'r tir lle cerddo hi
   Dan wraidd fy nghalon fach.
O'r dewis hardd ddewisais i
   Oedd dewis lodes lân,
A chyn bydd 'difar gennyf i
   O, rhewi wnaiff y tân.

Cytgan

Tros y Garreg

trfn. Delyth Hopkins Evans

1. Tros y garreg gamfa gu,
Eto'n hoyw ac yn hy,
Fy anwylaf Loerwen lanaf,
Dod i'th weled yn dy dŷ.
Heb un anaf, clais na chlwyf,
Ar fy ffordd o'r rhyfel wyf;
Cyfod babell ar y lôn,
Gwahodd yno wreng a bôn,
Gorfoleddus wlad sydd weddus
Pan ddaw Rhys i Ynys Môn.

2. Cafodd Gormes farwol glwy,
Tudur yw ein brenin mwy;
Ffôl yw ceisio, neu ddyfeisio,
Brenin arall, meddent hwy.
Loerwen lân fy aelwyd gu,
Ar fy nhaith wyf i fy nhŷ;
Cwyd y Ddraig ar Graig-y-don,
Deffro delyn Cymru lon;
Gwŷr y Cennin, medd y brenin,
Gariodd iddo'r goron hon.

Ceiriog

Rhys Bodychen oedd arweinydd y milwyr o Fôn a ymladdodd ar ochr Harri Tudur ym mrwydr Bosworth, 1485.

Twll Bach y Clo

trfn. Delyth Hopkins Evans

1. Roedd cap nos o eira ar gopa pob bryn,
   A'r rhew wedi gwydro pob ffos, dŵr a llyn,
Roedd Gwenno'n gwau hosan wrth olau tân glo,
   A Huwcyn yn sbecian trwy dwll bach y clo.

2. Y gath oedd yn gorwedd yn dorch ar y mat,
   A'r tad yn pesychu wrth smocio ei gat,
Y fam oedd yn ffraeo fel dynes o'i cho',
   A Huwcyn oedd yn clywed trwy dwll bach y clo.

3. Y fam oedd yn synnu fod Gwenno mewn gwanc,
   Mor wirion â charu rhyw leban o lanc;
A Huwcyn yn gwybod mai hwnnw oedd o,
   A'i galon fach yn crynu wrth dwll bach y clo.

4. Y tad aeth i fyny i'r llofft oedd uwch ben,
   A'r fam roes agoriad y drws dan ei phen,
Ond Gwenno arhosodd i 'nuddo'r tân glo
   A disgwyl am lythyr trwy dwll bach y clo.

5. Roedd sŵn y dylluan fel bwgan mewn coed,
   A'r ci bach yn cyfarth wrth glywed sŵn troed,
A Huwcyn yn dianc fel lleidr ar ffo
   'Rôl dwedyd gair yn ddistaw trwy dwll bach y clo.

6. A chyn pen dwy flynedd roedd Gwen Jôs yn wraig,
   A Huw Jôs yn hwsmon i Ffowc Tan-y-graig,
A chanddynt un plentyn, y glana'n y fro,
   Ac arno fan-cyn-geni – llun twll bach y clo!

Gwrtheyrn (Griffith Roberts)

Un Bys, Un Bawd

trfn. Delyth Hopkins Evans

1. Un bys, un bawd yn symud,
   Un bys, un bawd yn symud,
   Un bys, un bawd yn symud,
   A ni awn adref yn llon.

2. Un bys, un bawd, un fraich yn symud,
   Un bys, un bawd, un fraich yn symud,
   Un bys, un bawd, un fraich yn symud,
   A ni awn adref yn llon.

3. Un bys, un bawd, un fraich, un goes yn symud
   etc.

4. Un bys, un bawd, un fraich, un goes, un slap ar y frest yn symud
   etc.

5. Un bys, un bawd, un fraich, un goes, un slap ar y frest, un codi ac eistedd yn symud
   etc.

6. Un bys, un bawd, un fraich, un goes, un slap ar y frest, un codi ac eistedd,
   un troi o gwmpas yn symud
   etc.
   A ni awn adref yn llon.

Wrth Fynd Efo Deio i Dywyn

trfn. Delyth Hopkins Evans

1. Mi dderbyniais bwt o lythyr,
   Ffa la la la la la la la la la la,
   Oddi wrth Mistar Jones o'r Brithdir,
   Ffa la la la la la la la la la la;
   Ac yn hwnnw roedd e'n gofyn,
   Ffa la la la la la la la la la la,
   Awn i efo Deio i Dywyn,
   Ffa la la la la la la la la la la.

2. Fe gychwynnwyd ar nos Wener,
   Ffa la la la la la la la la la la,
   Dod i Fawddwy erbyn swper,
   Ffa la la la la la la la la la la;
   Fe gawd yno uwd a menyn,
   Ffa la la la la la la la la la la,
   Wrth fynd efo Deio i Dywyn,
   Ffa la la la la la la la la la la.

3. Dod ymlaen a heibio'r Ddinas,
   Ffa la la la la la la la la la la,
   Bara a chaws a chwrw 'Ngwanas,
   Ffa la la la la la la la la la la;
   Drwy Dal-y-llyn yr aem ni'n llinyn,
   Ffa la la la la la la la la la la,
   Wrth fynd efo Deio i Dywyn,
   Ffa la la la la la la la la la la.

4. Dod drwy Aber-y-gynolwyn,
   Ffa la la la la la la la la la la,
   Ac ymlaen dan Graig y Deryn,
   Ffa la la la la la la la la la la;
   Pan gyraeddasom Ynys Maengwyn,
   Ffa la la la la la la la la la la,
   Gwacddodd Dcio, "Dacw Dywyn,"
   Ffa la la la la la la la la la la.

Y Bore Glas

trfn. Delyth Hopkins Evans

1. Pan own i ar foreddydd,
   Ar laswyn y dydd,
Yn rhodio glas y coedydd
   A'm calon fach yn rhydd,
Clywn i'r deryn du pigfelen
   Yn canu yn y dyffryn,
A minnau yn ei serchu yn y gwŷdd.

2. O hir aros yno,
   Tra hoffais e'n tiwnio,
A'm serch a roddais arno
   A gwedyd i chwi'r gwir;
Fy meddwl i fe hudwys,
   Fy nghalon i fe ddenwys
Yn dirion, ar doriad y dydd.

Y Bwthyn Bach To Gwellt

trfn. Delyth Hopkins Evans

1. Fe gollais fy nhad, fe gollais fy mam
   Pan oeddwn yn blentyn bychan,
Nid ydwyf yn cofio dim am yr un
   O'r ddau oedd mor hoffus o'u baban;
Cymerwyd fi gan fy nain, meddant hwy,
   Mewn storm o daranau a mellt,
A magwyd fi gan fy nain ar y plwy,
   Yn y bwthyn bach to gwellt.

Cytgan

2. Pan fyddai y rhew a'r eira gwyn
   O amgylch y bwthyn bychan,
Eisteddwn yn ddedwydd ar fy stôl fach
   A chwaraewn ar ben yr hen bentan;
A'm nain yn dysgu adnodau i mi,
   Yng nghanol y storm o fellt,
Rhyw nefoedd fach gu i mi a fy nain
   Oedd y bwthyn bach to gwellt.

Cytgan

3. Fe fyddwn yn myned gyda fy nain
   Trwy'r ddôl gan ei galw'n fami,
A hithau mewn hiraeth dwys am fy mam
   O'i chalon oedd gynt yn fy ngharu;
Mae hiraeth dwys yn fy nghalon brudd,
   Nes ydyw bron yn mynd yn ddellt,
O na bawn eto yn blentyn fy nain
   Yn y bwthyn bach to gwellt.

Cytgan
Pan yn rhuo byddai'r daran,
   Ac yn gwibio byddai'r mellt,
O rwy'n cofio fel y llechwn
   Yn y bwthyn bach to gwellt.

Crych Elen

Y Cobler Du Bach

trfn. Delyth Hopkins Evans

1. Mi gana' ichwi bwt o lawenydd,
   Os byddwch yn sifil i gyd,
Am gobler du bach o Landdewi
   Sy'n sefyll a'i sawdl mor syth.
O ffol de rol lol de rol ro,
O ffol de rol lol de rol lo oho,
O ffol de rol lol de lol lo.

2. Y cobler du bach at yr esgid,
   Y cobler du bach at y lest;
Y cobler du mawr at y botas,
   A'i gwasgodd hi rhyngddo a'i gest,
O ffol de rol lol de rol ro,
O ffol de rol lol de rol lo oho,
O ffol de rol lol de lol lo.

3. Mi af i briodas yfory,
   Ar gefen fy nghaseg las, fawr,
A honno'n ddeg troedfedd a hanner,
   A'i mesur â'i mwng hyd y llawr,
O ffol de rol lol de rol ro,
O ffol de rol lol de rol lo oho,
O ffol de rol lol de lol lo.

4. Mi af i briodas yfory,
   Gael gweled pa ffortiwn a gaf;
Os gwelaf i ferch rwy'n ei leicio,
   Rwy'n credu mai 'i chymryd a wnaf.
O ffol de rol lol de rol ro,
O ffol de rol lol de rol lo oho,
O ffol de rol lol de lol lo.

Y Corn Hirlas

trfn. Delyth Hopkins Evans

1. I enw’r corn Hirlas, anrhydedd a chân,
   Tra’r ynys yn werddlas yng nghanol yr aig;
   Bu’n galw trwy oesau y cleddyf a’r tân,
   “I Fywyd neu Angau Fyddinoedd y Ddraig!”
   Ei lais rhwng y creigiau a bâr daeargrŷn,
   A chyfyd bicellau can amled â’r gwellt;
   Rhy galwad yr Hirlas wroldeb i ddyn
   A cherddoriaeth i’r daran a ffyrch idd ei mellt!
   Ac ni all un gelyn ym mhedwar ban byd
   Wneud Cymru yn fyddar na’r Hirlas yn fud.

2. Gwêl, gwêl fy hen elyn, mae’r aur ar ei fin,
   Eto’n loyw, ti weli, er cymaint ei oed,
   Os yfaist o hon afonydd o win,
   Dialedd ei waelod ni yfaist erioed!
   Efe a’n cysurodd pan oeddym tan draed,
   Holl Gymru a godwyd pan gododd ei lais;
   Os geilw ef eto, o’r ddaear daw gwaed
   Y rhai dewrion a laddwyd gan Norman a Sais!
   Ac ni all un gelyn ym mhedwar ban byd
   Wneud Cymru yn fyddar na’r Hirlas yn fud.

Ceiriog

Y Corn Hirlas yw’r corn gwin symbolaidd a estynnir fel rhan o groeso Bro’r Eisteddfod i’r Archdderwydd yn seremonïau’r Orsedd yn yr Eisteddfod Genedlaethol.

Arhosodd Harri VII yng nghartref Dafydd ab Ieuan yn Llwyn Dafydd (Ceredigion) ar ei ffordd i frwydr Bosworth. Wedi iddo gael ei goroni’n frenin o ganlyniad i’r frwydr, anfonodd Gorn Hirlas yn anrheg i Dafydd ab Ieuan.

Y Deryn Pur

trfn. Delyth Hopkins Evans

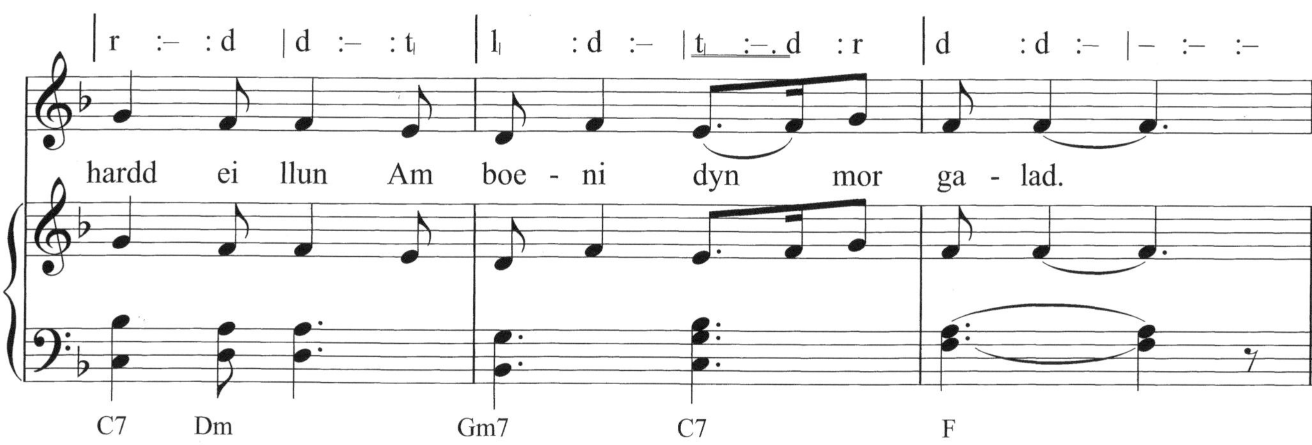

1. Y deryn pur ar adain las,
   Bydd imi'n was di-brydar;
O brysur brysia at y ferch
   Lle rhois i'm serch yn gynnar.
Dos di ati, dywed wrthi
   'Mod i'n wylo dŵr yr heli;
'Mod i'n irad am ei gwelad,
   Ac o'i chariad yn ffaelu â cherddad;
O Dduw faddeuo'r hardd ei llun
   Am boeni dyn mor galad.

2. Pan o'wn i'n hoenus iawn fy hwyl
   Ddiwarnod gŵyl yn gwylio,
Canfyddwn fenyw lana' 'rioed,
   Ar ysgafn droed yn rhodio.
Pan y'i gwelas, syth mi sefas,
   Yn fy nghalon mi feddylias:
Wele ddynas lana'r deyrnas,
   A'i gwên yn harddu'r oll o'i chwmpas,
Ni fynswn gredu un dyn byw
   Nad oedd hi'n rhyw angylas.

Y Ddafad Gorniog

trfn. Delyth Hopkins Evans

1. Mae gen i ddafad gorniog
   Ac arni bwys o wlân,
Yn pori min yr afon
   Ymysg y cerrig mân.
Ond daeth rhyw hwsmon heibio
   A hysodd arni gi;
Ni welais i byth 'mo nafad,
   Ys gwn i welsoch chi?

2. Mi gwelais hi yn y Bala,
   Newydd werthu'i gwlân,
Yn eistedd yn ei chadair
   'Flaen tanllwyth mawr o dân,
A'i phibell a'i thybaco
   Yn smocio'n abal ffri:
A dyna lle mae y ddafad –
   "Good morrow, John, how dee?"

3. Mae gen i iâr yn eistedd
   Ar ben y Penmaen-mawr;
Mi es i droed yr Wyddfa
   I alw honno i lawr;
Mi hedodd ac mi hedodd,
   A'i chywion gyda hi
I eitha' tir y Werddon –
   "Good morrow, John, how dee?"

Y Ddau Farch

trfn. Delyth Hopkins Evans

1. Pan oeddwn ar foreddydd,
   Tal and the doodle and the doodle and the day,
Yn rhodio maes o'm cyfydd,
   Cyfarfod wneuthum â dau farch
Yn ymgom ar y mynydd,
   Rei tal and the doodle and the doodle and the day,
Yn ymgom ar y mynydd.

2. Dywedai y cel gwannaf,
   Tal and the doodle and the doodle and the day,
Nawr wrth y ceffyl cryfa –
   "Fe fûm i undydd yn fy mharch
Yn gystal march â thitha,
   Rei tal and the doodle and the doodle and the day,
Yn gystal march â thitha."

3. "Pan es yn hen glunhercyn,
   Tal and the doodle and the doodle and the day,
Ces gario ŷd i'r felin,
   A beth ddigwyddodd i fy rhan
Ond gogred gwan o eisin,
   Rei tal and the doodle and the doodle and the day,
Ond gogred gwan o eisin."

4. "Tynasant fy mhedola,
   Tal and the doodle and the doodle and the day,
Gyrasant fi i'r mynydda,
   A thra bo anadl yn fy ffroen
Ni ddeuaf byth tuag adra,
   Rei tal and the doodle and the doodle and the day,
Ni ddeuaf byth tuag adra."

Y Fasged Wye

trfn. Delyth Hopkins Evans

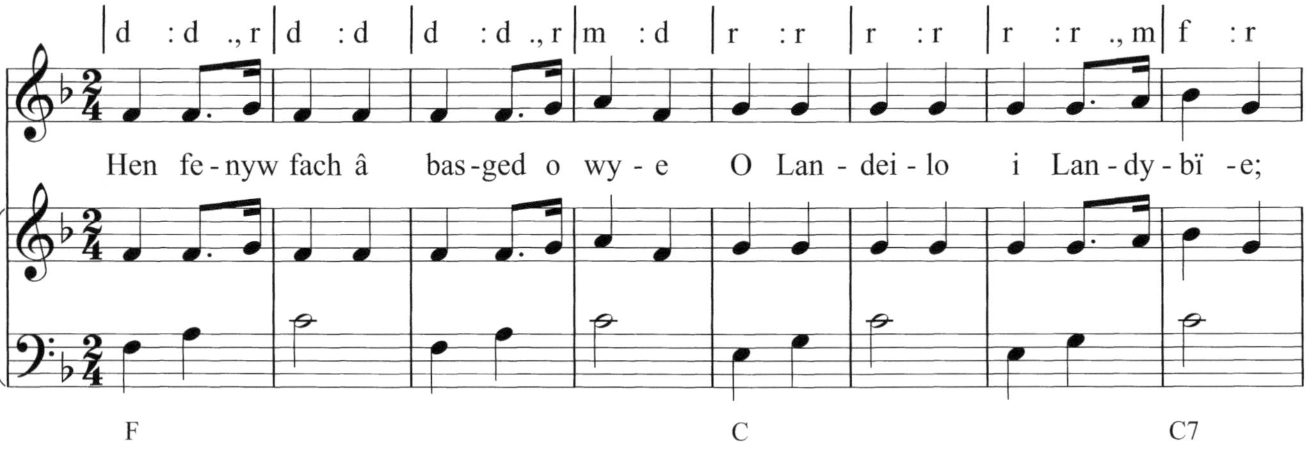

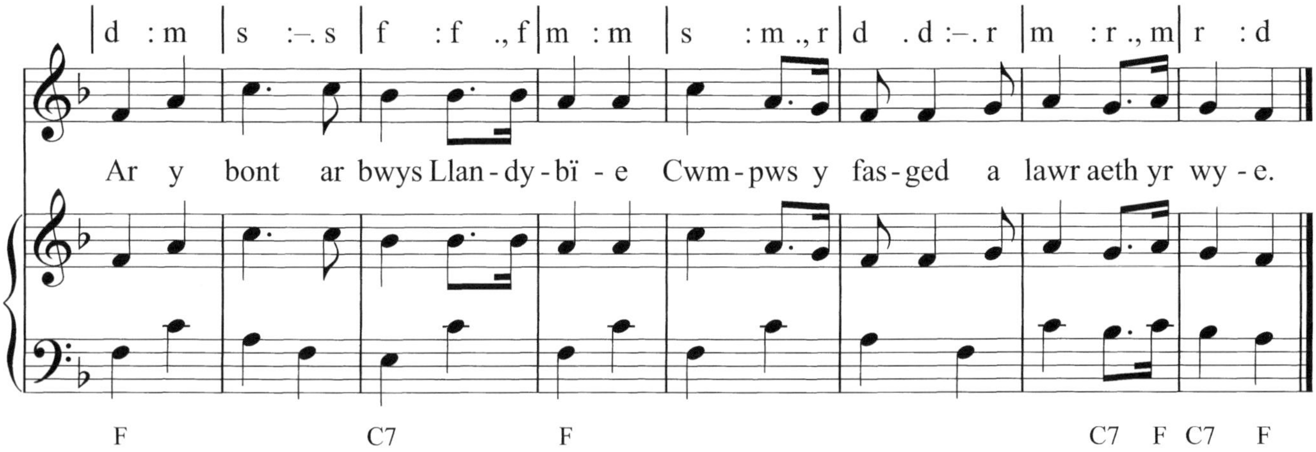

Hen fenyw fach â basged o wye
O Landeilo i Landybïe;
Ar y bont ar bwys Llandybïe
Cwmpws y fasged a lawr aeth yr wye.

Hen wraig fach yn gyrru y gwyddau
O Langollen draw i Ddolgellau,
Ac yn dwedyd gair wrth y llanciau,
"Gyrrwch ymlaen ac mi ddaliaf innau."

Y Ferch o Blwy Penderyn

trfn. Delyth Hopkins Evans

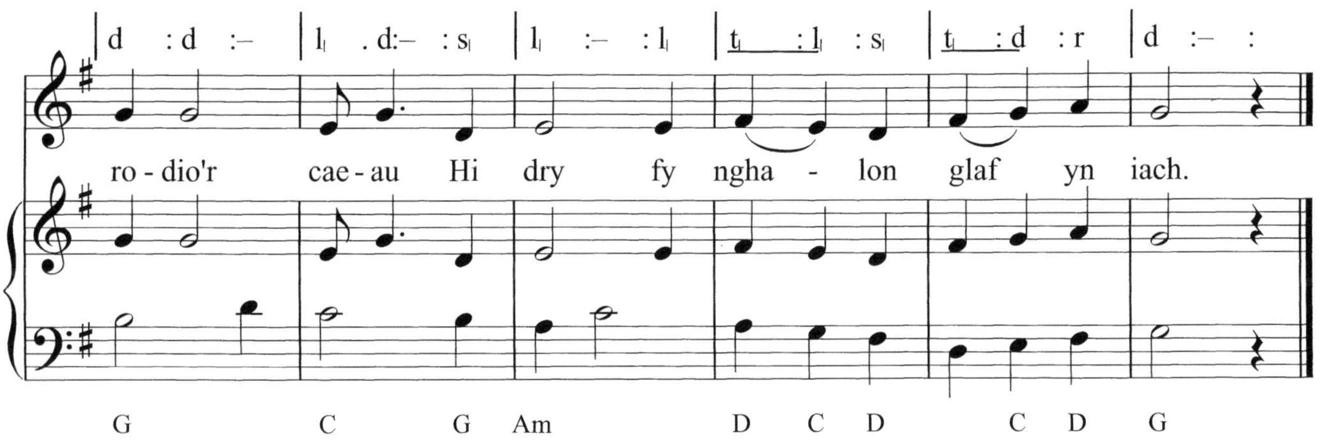

1. Rwy’n caru merch o blwy Penderyn
   Ac yn ei chanlyn ers lawer dydd;
   Ni allswn garu ag un ferch arall
   Er pan welais ’run gron ei grudd.
   Mae mor hardded idd ei gweled,
   Er nad yw ond gronen fach,
   Pan elo hi ma’s i rodio’r caeau
   Hi dry fy nghalon glaf yn iach.

2. Pan o’wn i’n myned ar ryw fore
   Ac yn ddiflin tua’m gwaith,
   Clywn aderyn oddi ar y brigyn
   Yn tiwnio’n ddiwyd ac yn faith,
   Ac yn d’wedyd wrthyf innau,
   “Mae’r ferch wyt ti’n ei charu’n driw
   Yn martsio’i chorff y bore fory
   Tua rhyw fab arall, os bydd hi byw.”

3. Rwy’n myned heno, dyn a’m helpo,
   I ganu ffarwél i’r seren syw;
   A dyna waith y clochydd fory
   I dorri ’medd o dan yr yw!
   A than fy enw’n sgrifenedig,
   Ar y “tomb” wrth fôn y pren,
   Fy mod i’n isel iawn yn gorwedd
   Mewn gwaelod bedd, o gariad Gwen.

Y Ferch o'r Sgêr

trfn. Delyth Hopkins Evans

1. Mab wyf i sy'n byw dan bennyd
   Am f'anwylyd fawr ei bri.
Gwaith ei charu fwy na digon,
   Curio wnaeth fy nghalon i.
Gwell yw dangos beth yw'r achos,
   Nag ymaros dan fy nghur;
Dere'r seren ata i'n llawen,
   Ti gei barch a chariad pur.

2. Pwylla'r bachgen gwyllt ei anian,
   Rwyf dan ofnau rhwymo'm llaw;
Gwaith cael digon o rybuddion
   Wrth gariadon yma a thraw:
Rwy'n rhy ifanc eto i ddianc,
   Cym'raf bwyll cyn mynd rhy bell;
Pan fwy'n barod rhyw ddiwarnod
   Clywed gei, os byddi gwell.

Yn draddodiadol, mae'r geiriau'n cofnodi cariad Elizabeth Williams, merch plasty'r Sgêr, ger Porthcawl, am y telynor Thomas Evans.

Y Fwyalchen

trfn. Delyth Hopkins Evans

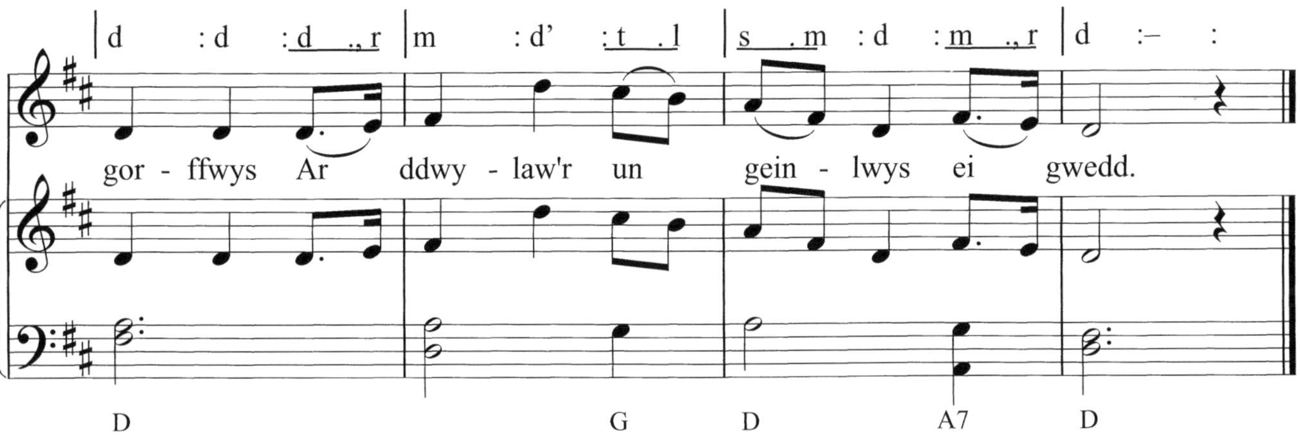

1. O gwrandaw, y beraidd fwyalchen,
   Clyw edyn mwyn, serchog, liw du,
A ei di yn gennad heb oedi
   At ferch fûm i'n charu mor gu?
A dywed fel hyn wrth liw'r manod,
   O'i chariad rwy'n barod i'r bedd.
A 'mywyd ar soddi sy'n gorffwys
   Ar ddwylaw'r un geinlwys ei gwedd.

2. Mae'n dda 'mod i'n galed fy nghalon,
   Lliw blodau drain gwynion yr allt.
Mae'n dda 'mod i'n ysgafn fy meddwl,
   Lliw'r banadl melyn ei gwallt.
Mae'n dda 'mod i'n ieuanc, rwy'n gwybod,
   Heb arfer fawr drafod y byd.
Pam beidiaist ti ferch â'm priodi,
   A minnau'n dy ganlyn di c'yd?

Y Fwyalchen Ddu Bigfelen

trfn. Delyth Hopkins Evans

1. O'r fwyalchen ddu bigfelen,
   Swyna'r fron â'th gynnar gân.
Nodau peraidd calon lawen
   Ddeffry gôr yr adar mân.
Tyrd i wrando cwyn bachgennyn
   Sydd mewn gofid nos a dydd;
Hiraeth creulon sy'n ei ganlyn,
   Hiraeth dyr ei galon brudd.

2. Gado cymoedd ceinion Cymru,
   Gado swyn hen wlad y gân.
O, mor anhawdd yw gwahanu
   Cymro pur a Chymru lân.
Cwyd dy nodau hiraeth calon
   Tra rwy'n tario 'ngwlad y Sais,
Mewn atgofion am y Goed-fron
   Lle bu gynt mor fwyn dy lais.

Y Gadlys

trfn. Delyth Hopkins Evans

| l, :l, . t, | se, : m'. r' | d' :d'. r' | t :t . d' | l . d' : t . l | se :–. m | f . m : f . r | m : se
gw -ddw brith Fe ddaw'r fren - hi - nes deg i'w plith I ed - rych am Ca -
Bm Em F♯ F♯7 Bm A G F♯ Em F♯
| l :l | :m' . r' | d' . m' :r' . d' | t . r' :d' . t
ra - dog; Fe ddaw'r fren - hi - nes
Bm F♯7 Bm A
| l . t :d' . r' | m' :–. m | f . m :f . r | m :se | l :l, | :
deg i'w plith I ed - rych am Ca - ra - dog.
G F♯ Em Bm F♯ Bm

1. Caradog eilw'i ddeiliaid
Ag udgorn ar ei fant.
Fe ruthrodd y Silwriaid,
Cwympasant yn y pant.
Enciliodd arwyr enwog,
Ond ar y march â'r gwddw brith
Fe ddaw'r frenhines deg i'w plith
I edrych am Caradog;
Fe ddaw'r frenhines deg i'w plith
I edrych am Caradog.

2. Mae cynnwrf yn y ceunant
Ar derfyn dydd y gad:
A dynion dewr orweddant
I farw dros eu gwlad.
Yr afon foddodd fyddin,
Ond ar y march â'r gwddw brith
Fe ddaw'r frenhines deg i'w plith
I edrych am y brenin;
Fe ddaw'r frenhines deg i'w plith
I edrych am y brenin.

3. Fe welodd y Rhufeiniaid
Y march â'r gwddw brith,
Ond gwelodd y Brythoniaid
Frenhines yn eu plith;
Mae'r corn yn ailudganu,
Brythoniaid yn eu holau drônt,
Rhufeiniaid yn eu holau ffônt
O flaen cleddyfau Cymru;
Rhufeiniaid yn eu holau ffônt
O flaen cleddyfau Cymru.

Ceiriog

Y Gelynnen

trfn. Delyth Hopkins Evans

1. Fy mwyn gyfeillion, dewch ynghyd
   Mewn pryd i ganmol y glasbren,
Pren canmolus, gweddus, gwiw,
A'i enw yw y Gelynnen.

Cytgan
Ffal di rwdl lam tam,
Twli ridl i,
Try lam tam ta lam tani,
Pren canmolus, gweddus, gwiw,
A'i enw yw y Gelynnen.

2. I beth y cyffelybaf hon?
   I focsen gron neu'r ywen.
Neu ryw neuadd wych o blas,
   Ond ffeind yw y las Gelynnen.

Cytgan

3. Pe byddai hi yn law neu ôd,
   Mi allwn fod yn llawen;
Neu ryw dywydd a fai'n fwy,
   Does dim ddaw trwy y Gelynnen.

Cytgan

4. Aderyn to a gafodd dŷ,
   A cheiliog du'r fwyn fwyalchen.
Ac eistedd mae f'anwylyd wen
   Tan gysgod pren y Gelynnen.

Cytgan

Y Gwcw

trfn. Delyth Hopkins Evans

1. Wrth ddychwel tuag adref,
   Mi glywais gwcw lon
Oedd newydd groesi'r moroedd
   I'r ynys fechan hon.

Cytgan
O! O! O!
Holi a chi ci a holi a chwcw,
Holi a chi ci a holi a chwcw,
Holi a chi ci a holi a chwcw,
Holi a chi ci a chw.

2. A chwcw gynta'r tymor
   A ganai yn y coed,
'Run fath â'r gwcw gyntaf
   A ganodd gynta 'rioed.

Cytgan
O! O! O!
Holi a chi ci a holi a chwcw, cw cw, cw cw etc.

3. Mi drois yn ôl i chwilio
   Y glasgoed yn y llwyn,
I edrych rhwng y brigau
   Ple'r oedd y deryn mwyn.

Cytgan
O! O! O!
Holi a chi ci a holi a chwcw, cw cw, cw cw etc.

4. Mi gerddais nes dychwelyd
   O dan fy medw bren –
Ac yno'r oedd y gwcw,
   Yn canu wrth fy mhen!

Cytgan
O! O! O!
Holi a chi ci a holi a chwcw, cw cw, cw cw, cw cw etc.

5. O! diolch iti, gwcw,
   Ein bod ni yma'n cwrdd –
Mi sychais i fy llygad,
   A'r gwcw aeth i ffwrdd.

Cytgan
O! O! O!
Holi a chi ci a holi a chwcw, cw cw, cw cw, cw cw, cw cw etc.

Ceiriog

Y Gwcw Fach

trfn. Delyth Hopkins Evans

1. Gwcw fach, on'd wyt ti'n ffolog,
   Ffal di ral di rw di rw di rai tai to,
Yn canu 'mhlith yr eithin pigog,
   Ffal di ral di rw di rw di rai tai to.
Dos i blwy Dolgelle dirion,
   Ffal di ral di rw di rai tai to,
Ti gei yno lwyni gwyrddion,
   Ffal di ral di rw di rw di rai tai to.

2. Gwcw fach, ehed yn union,
   Ffal di ral di rw di rw di rai tai to,
Tua glannau afon Wnion,
   Ffal di ral di rw di rw di rai tai to.
Ar dy aden aros ennyd,
   Ffal di ral di rw di rai tai to,
Wrth aneddle fy anwylyd,
   Ffal di ral di rw di rw di rai tai to.

3. Gwcw fach, os yno gweli,
   Ffal di ral di rw di rw di rai tai to,
Rywun wyla'r dŵr yn heli,
   Ffal di ral di rw di rw di rai tai to,
Cana gân y gwanwyn iddo,
   Ffal di ral di rw di rai tai to,
Cân o obaith i'w gysuro,
   Ffal di ral di rw di rw di rai tai to.

Pennill 1: traddodiadol
Penillion 2 a 3: Robert Bryan

Y March Glas

trfn. Delyth Hopkins Evans

1. Gen i farch glas, a hwnnw'n towlu,
Does dim o'i fath yn Sir Aberteifi.
Ffal a rwdl didl dal,
Ffal a rwdl didl dal,
Ffal a rw ho ho,
Ffal a rw ho ho,
Ffal a rwdl didl dal.

2. Gen i gyfrwy newy' o gro'n ochor mochyn,
Ffrwyn dwbwl reins a gwarthol a sbardun.
Ffal a rwdl didl dal,
Ffal a rwdl didl dal,
Ffal a rw ho ho,
Ffal a rw ho ho,
Ffal a rwdl didl dal.

3. Gen i het silc o siop Aberhonddu,
'Phrisiwn i fawr roi sofren amdani.
Ffal a rwdl didl dal,
Ffal a rwdl didl dal,
Ffal a rw ho ho,
Ffal a rw ho ho,
Ffal a rwdl didl dal.

4. Gen i got fain o waith teiliwr Llunden,
Stitsho hi'n dynn obouti fy nghefen.
Ffal a rwdl didl dal,
Ffal a rwdl didl dal,
Ffal a rw ho ho,
Ffal a rw ho ho,
Ffal a rwdl didl dal.

Y Mochyn Du

trfn. Delyth Hopkins Evans

1. Holl drigolion bro a bryniau,
Dewch i wrando hyn o eiriau,
Fe gewch hanes ryw hen fochyn
A fu farw yn dra sydyn.

Cytgan
O! mor drwm yr ydym ni,
O! mor drwm yr ydym ni,
Y mae yma alar calon
Ar ôl claddu'r Mochyn Du.

2. Beth oedd achos ei afiechyd?
Beth roes derfyn ar ei fywyd?
Ai maidd glas oedd achos ange
I'r hen Fochyn i fynd adre?

Cytgan

3. Fe roed mwy o faidd i'r Mochyn
Nag a allai'i fol ei dderbyn;
Ymhen 'chydig o funude
Dyna'r Mochyn yn mynd adre.

Cytgan

4. Rhedodd Deio i Lwyncelyn
I gael Mati at y Mochyn,
Dwedodd Mati wrtho'n union
Gall'sai droi ef heibio'n burion.

5. Gweithiwyd iddo arch o dderi
Wrth ei drimio a'i berarogli,
Ac fe dorrwyd bedd ardderchog
I'r hen fochyn yng Ngharngoediog.

Cytgan

6. Y Parchedig Wil Twm Griffi'
Ydoedd yno yn pregethu,
Pawb yn sobor anghyffredin,
Oll i ddangos parch i'r Mochyn.

Cytgan

7. Mati Joseff, Pegi Wili,
Ydoedd yno yn blaenori;
Pawb o'r teulu yno'n canlyn
Oll i ddangos parch i'r Mochyn.

Cytgan

8. Pawb yn gryno ddaethant adre,
Oll a'u napcyn wrth eu penne,
Ac yn wylo'n anghyffredin,
Oll i ddangos parch i'r Mochyn.

Cytgan

9. Bellach rydwyf yn terfynu
Nawr gan roddi heibio ganu,
Cymrwch ofal bawb rhag dilyn
Siampl ddrwg wrth fwydo mochyn.

John Owen

Y Pren ar y Bryn

trfn. Delyth Hopkins Evans

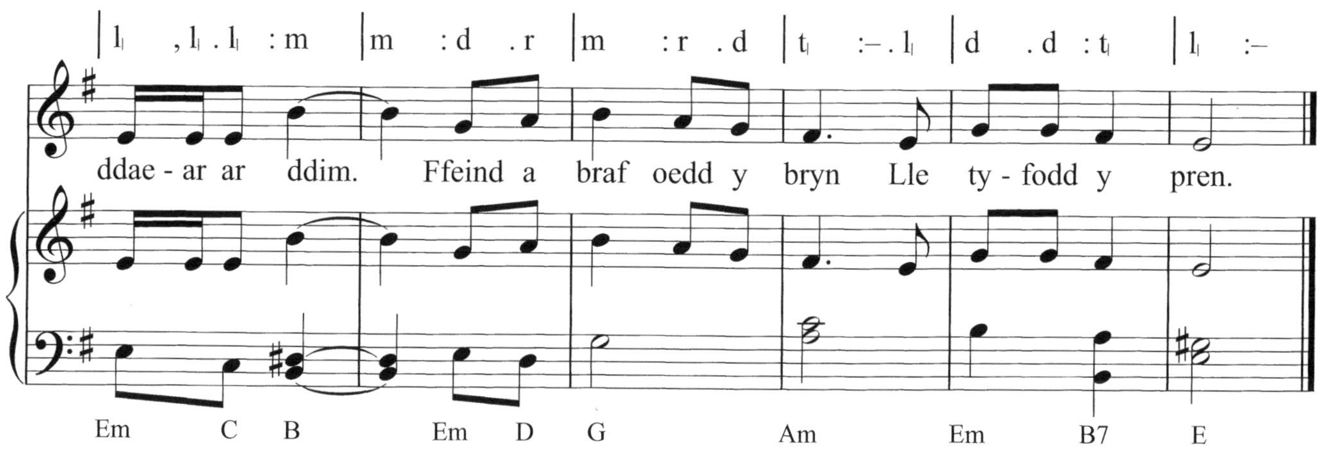

Ar y bryn roedd pren,
O! bren braf;
Y pren ar y bryn
A'r bryn ar y ddaear
A'r ddaear ar ddim.
Ffeind a braf oedd y bryn
Lle tyfodd y pren.

O'r pren daeth cainc,
O! gainc braf;
Y gainc ar y pren
A'r pren ar y bryn
A'r bryn ar y ddaear
A'r ddaear ar ddim.
Ffeind a braf oedd y bryn
Lle tyfodd y pren.

Ar y gainc daeth nyth
O! nyth braf,
Y nyth ar y gainc
A'r gainc ar y pren
etc.

O'r nyth daeth wy
etc.

O'r wy daeth cyw
etc.

O'r cyw daeth plu
etc.

O'r plu daeth gwely
O! wely braf,
Y gwely o'r plu
Y plu o'r cyw
Y cyw o'r wy
Yr wy o'r nyth
Y nyth ar y gainc
Y gainc ar y pren
Y pren ar y bryn
Y bryn ar y ddaear,
A'r ddaear ar ddim.
Ffeind a braf oedd y bryn
Lle tyfodd y pren.

Y Wennol

trfn. Delyth Hopkins Evans

1. Wennol fwyn, ti ddaethost eto
   I’n dwyn ar gof fod haf ar wawrio;
   Wedi bod yn hir ymdeithio,
   Croeso, croeso iti.
   Nid oes unrhyw berchen aden
   Mor gariadus â’r Wenfolen,
   Pawb o’th weled sydd yn llawen;
   Ebai’r wennol, “Twi, twi, twi!”

2. Ha! mi wela’th fod yn chwilio
   Am dy nyth o dan y bondo;
   Y mae honno wedi syrthio
   Wennol, coelia fi:
   Nid myfi yn wir a’i tynnodd –
   Gwynt a glaw y gaea a’i cariodd,
   Yntau o ddarn i ddarn a syrthiodd;
   Ebai’r wennol, “Twi, twi, twi!”

3. Wennol dirion, paid â digio,
   Gelli wneud un newydd eto;
   A phe gallwn, gwnawn dy helpio –
   Aros gyda ni;
   Casglaf glai, cei dithau weithio,
   A chymeraf ofal drosto
   Rhag i’r deryn to ddod iddo;
   Ebai’r wennol, “Twi, twi, twi!”

Ym Mhontypridd Mae 'Nghariad

trfn. Delyth Hopkins Evans

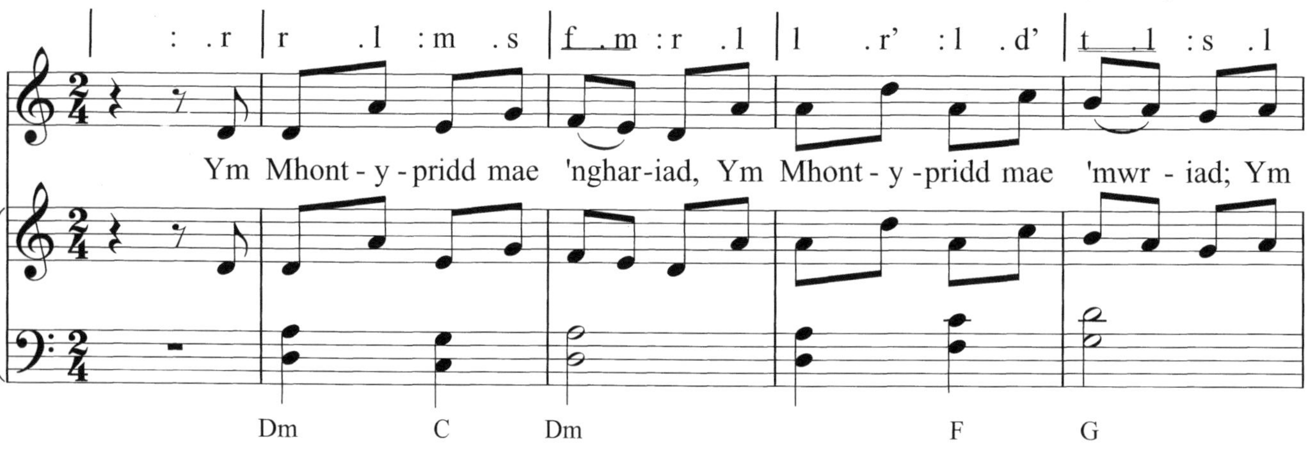

1. Ym Mhontypridd mae 'nghariad,
   Ym Mhontypridd mae 'mwriad;
Ym Mhontypridd mae'r ferch fach lân,
   A'i chael o flaen y 'ffeirad,
A'i chael o flaen y 'ffeirad.

2. Mi hela'i heddiw unswllt,
   Mi hela'i fory ddeuswllt,
A chyn y colla'i ferch ei mam
   Mi dreia'i am y triswllt,
Mi dreia'i am y triswllt.

3. Mi glywais lawer caniad,
   Mi welais lawer bwriad,
Mi welais lawer benyw lân,
   Ond neb mor lân â 'nghariad,
Ond neb mor lân â 'nghariad.

4. Mae 'mwthyn ger yr afon,
   Mae gennyf wartheg blithion,
Mae gennyf fferm ar lannau Taf,
   O! tyred ataf, Gwenfron,
O! tyred ataf, Gwenfron.

Ymadawiad y Brenin

trfn. Delyth Hopkins Evans

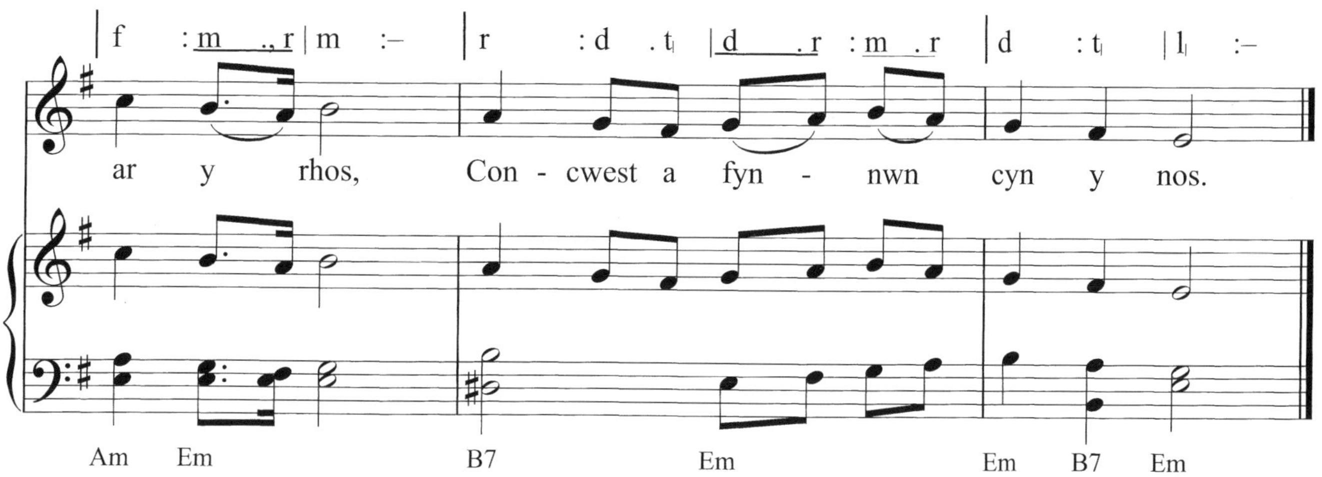

1. Medd y brenin wrth y gad –
 Dewch, fy milwyr, hefo fi.
 Byw a marw dros ein gwlad
 Ydyw ein dyletswydd ni.

Cytgan
Amddiffynnwn Gymru rydd,
 Cymru fu a Chymru fydd;
Byddwn bur, byddwn bur
 Fel cleddyfau dur;
Dacw'r gelyn ar y rhos,
 Concwest a fynnwn cyn y nos.

2. Pwy sy'n dewis ennill clod?
 Pwy sy'n chwennych parch a bri?
 Pwy yn flaenaf fynnant fod?
 Deuant a dilynant fi.

Cytgan

Talhaiarn

Ymdaith Capten Llwyd

trfn. Delyth Hopkins Evans

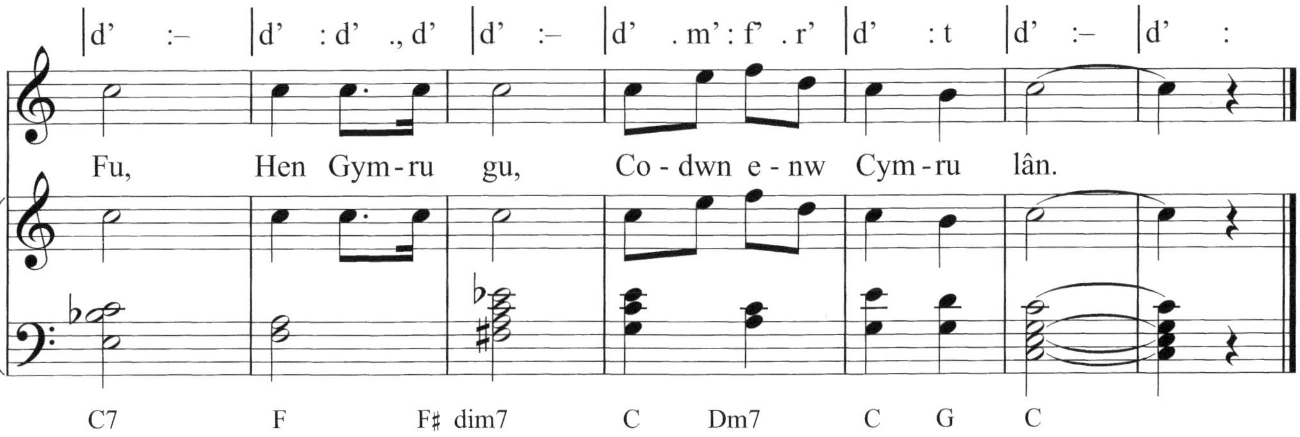

1. Dathlwn glod ein cyndadau,
   Enwog gewri Cymru Fu:
Gwŷr yn gweld y seren
   Ddisglair trwy y cwmwl du;
Ar ôl llawer awel groes,
   Atgyfodwn yn ein hoes
Hen athrawon dysg a moes Cymru Fu.

Cytgan
Sain, cerdd a chân
   Hen Gymru lân,
Heddiw lanwo Gymru wen,
   Cymru lân.
Plant Cymru Fu,
   Hen Gymru gu,
Codwn enw Cymru lân.

2. Bonedd gwlad gyda'i werin,
   Foesymgrymant ger ei bron;
Merched mwyn a llanciau
   Roddant gêd ar allor hon.
Dewch â'i thelyn feinlas fwyn,
   Hen alawon syml eu swyn,
Adlais odlau grug a brwyn Cymru Fu.

Cytgan

Llew Tegid

Yn Iach i ti, Gymru

trfn. Delyth Hopkins Evans

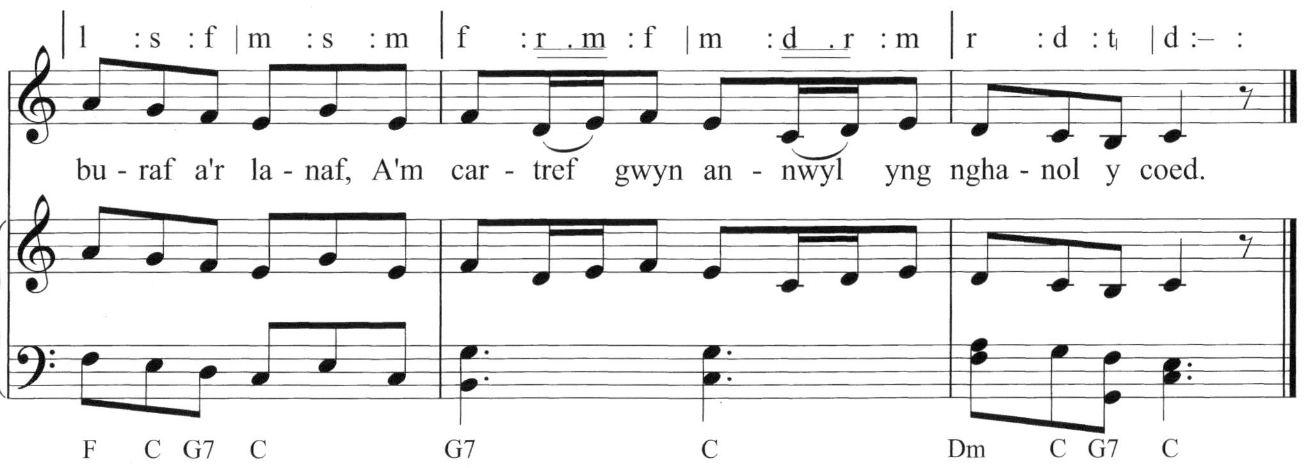

1. Yn iach i ti, Gymru, ffarwél i'th fynyddoedd,
   Dy nentydd grisialog a'th ddolydd di-ail;
   Y coedydd lle treuliais fy ieuainc flynyddoedd,
   Lle gwyliais agoriad y blodau a'r dail.
   Mae'r llong yn y porth yn disgwyl amdanaf,
   O gwae imi feddwl am ymadael erioed.
   Ffarwél, o'r holl famau y buraf a'r lanaf,
   A'm cartref gwyn annwyl yng nghanol y coed.

2. Fy nwylaw ddychwelant yn llawn neu yn weigion,
   I agor drws annwyl fy nghartref gwyn draw;
   Mae afon yn sisial yng nghlust yr hen eigion,
   Gan ofyn pa ddiwrnod yn ôl â fi ddaw!
   O! am dy hen awyr i wrido fy ngruddiau,
   A'm hwian fel plentyn i huno mewn hedd;
   A phan y gadawaf hen fyd y cystuddiau,
   Rhwng muriau'r hen fynwent, O! torrwch fy medd.

Ceiriog

Yr Eneth Gadd Ei Gwrthod

trfn. Delyth Hopkins Evans

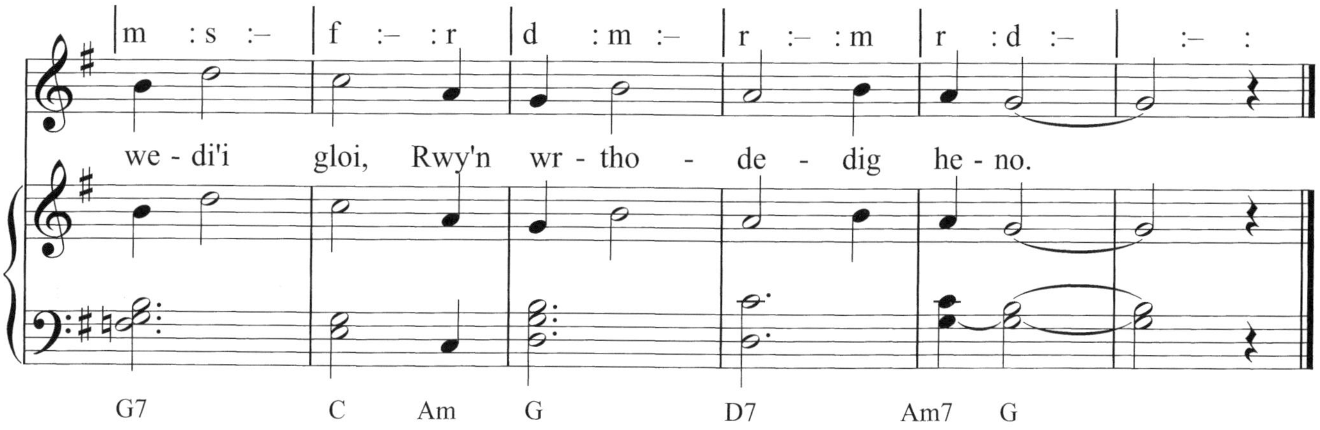

1. Ar lan hen afon Ddyfrdwy ddofn
   Eisteddai glân forwynig,
Gan ddistaw sisial wrthi'i hun,
   Gadawyd fi yn unig;
Heb gâr na chyfaill yn y byd,
   Na chartref chwaith 'fynd iddo;
Drws tŷ fy nhad sydd wedi'i gloi,
   Rwy'n wrthodedig heno.

2. Mae byw gwaradwydd ar fy ôl
   Yn nodi fy ngwendidau,
A llanw 'mywyd wedi'i droi
   A'i gladdu dan y tonnau;
Ar allor chwant aberthwyd fi,
   Do, collais fy morwyndod,
A dyna'r achos pam yr wyf
   Fi heno wedi 'ngwrthod.

3. Ti frithyll bach sy'n chwarae'n llon
   Yn nyfroedd glân yr afon,
Mae gennyt ti gyfeillion fyrdd
   A noddfa rhag gelynion;
Cei fyw a marw dan y dŵr
   Heb undyn dy adnabod,
O! na chawn innau fel tydi
   Gael marw ac yna ddarfod.

4. Ond hedeg mae fy meddwl prudd
   I fyd sydd eto i ddyfod,
A chofia dithau, fradwr tost,
   Rhaid iti fy nghyfarfod;
Ond meddwl am dy enw di
   A byw sydd imi'n ormod,
O! afon ddofn, derbynia fi,
   Caf wely ar dy waelod.

5. Y bore trannoeth cafwyd hi
   Yn nyfroedd oer yr afon,
A darn o bapur yn ei llaw
   Ac arno'r ymadroddion –
"Gwnewch imi fedd mewn unig fan,
   Na chodwch faen na chofnod,
I nodi'r fan lle gorwedd llwch
   Yr eneth gadd ei gwrthod."

John Jones, "Llew o'r Wern"

Yr Eneth Glaf

trfn. Delyth Hopkins Evans

1. Mae yr haf yn hir yn dyfod,
Medd yr eneth fechan glaf,
Pryd mae'r gwanwyn yma'n darfod?
Pryd, fy mam, y daw yr haf?

Cytgan

Gan yr oll o'm hen gyfeillion
Dyma'r unig gysur gaf:
Cymer galon, eneth dirion,
Mi fendi di pan ddaw yr haf.

2. A glywodd neb y gog eleni
Ar hen dderwen fawr y ddôl?
Ar ôl i honno ddechrau canu,
Yr haf sy'n dilyn ar ei hôl.

Cytgan

3. Oes rhyw argoel fod o'n nesu?
Oes briallu yn y pant?
Ydi'r adar bach yn canu
Ym mieri gwyllt y nant?

Cytgan

Yr Hogen Goch

trfn. Delyth Hopkins Evans

1. Rhyw noswaith es i garu
   Oddeutu deg o'r gloch,
Fe gnociais yn y ffenest
   Lle'r oedd fy hogen goch.
Fe gnociais yno'n ddistaw
   Rhag ofn i deulu'r tŷ
Fy nghlywed yno'n curo
   Ar f'annwyl hogen gu.
Da gennyf gwmni,
   Da gennyf gwmni
Gwiw fy hogen goch.

2. A hithau a'm hatebodd,
   A dwedodd yn y fan,
"O pwy sydd yna'n curo,
   Ai chwi, fy annwyl Dan?
Mae'n hyfryd gen i'ch gweled,
   Fy machgen bychan tlws;
Arhoswch hanner munud,
   Agoraf i chwi'r drws."
Da gennyf gwmni,
   Da gennyf gwmni
Gwiw fy hogen goch.

3. "O ewch i lawr i'r gegin,
   Eisteddwch wrth y bwrdd,
Cawn damaid gyda'n gilydd,
   Y teulu sydd i ffwrdd."
Y bwrdd oedd wedi'i hulio
   Â phob rhyw ddewis faeth,
A'm hogen goch, rwy'n coelio,
   I'r gegin gefn yr aeth.
Da gennyf gwmni,
   Da gennyf gwmni
Gwiw fy hogen goch.

4. A daeth â'r jŵg a'r brandi
   A'i osod ar y bwrdd,
A dwedodd, "Yfwch, cariad,
   Y teulu sydd i ffwrdd."
Ac yfed wnes ohono
   Nes gweld ei waelod o,
Ac roeddwn wedi meddwi
   A hanner mynd o'm co'.
Da gennyf gwmni,
   Da gennyf gwmni
Gwiw fy hogen goch.

5. Dechreuais dorri'r llestri
   A gwneud rhyw dwrw mawr,
Y bwrdd a phopeth arno
   Oent bentwr ar y llawr,
A'm hogen goch yn gweiddi
   A finnau ar fy hyd
Yn meddwl mewn gwirionedd
   Ei bod yn ddiwedd byd.
Da gennyf gwmni,
   Da gennyf gwmni
Gwiw fy hogen goch.

Alawon

Blaenhafren

trfn. Delyth Hopkins Evans

Cainc Dafydd Broffwyd

trfn. Delyth Hopkins Evans

Cainc y Datgeiniaid

trfn. Delyth Hopkins Evans

Consêt William Owen Pencraig

trfn. Delyth Hopkins Evans

Dadl Dau

trfn. Delyth Hopkins Evans

Difyrrwch Gwŷr Dyfi

trfn. Delyth Hopkins Evans

Hyd y Frwynen

trfn. Delyth Hopkins Evans

Llanofer

trfn. Delyth Hopkins Evans

Megan a Gollodd ei Gardas

trfn. Delyth Hopkins Evans

Moel yr Wyddfa

trfn. Delyth Hopkins Evans

Pibddawns Gwŷr Gwrecsam

trfn. Delyth Hopkins Evans

Pwt ar y Bys

trfn. Delyth Hopkins Evans

Y Delyn Newydd

trfn. Delyth Hopkins Evans

Hen Wlad fy Nhadau

James James

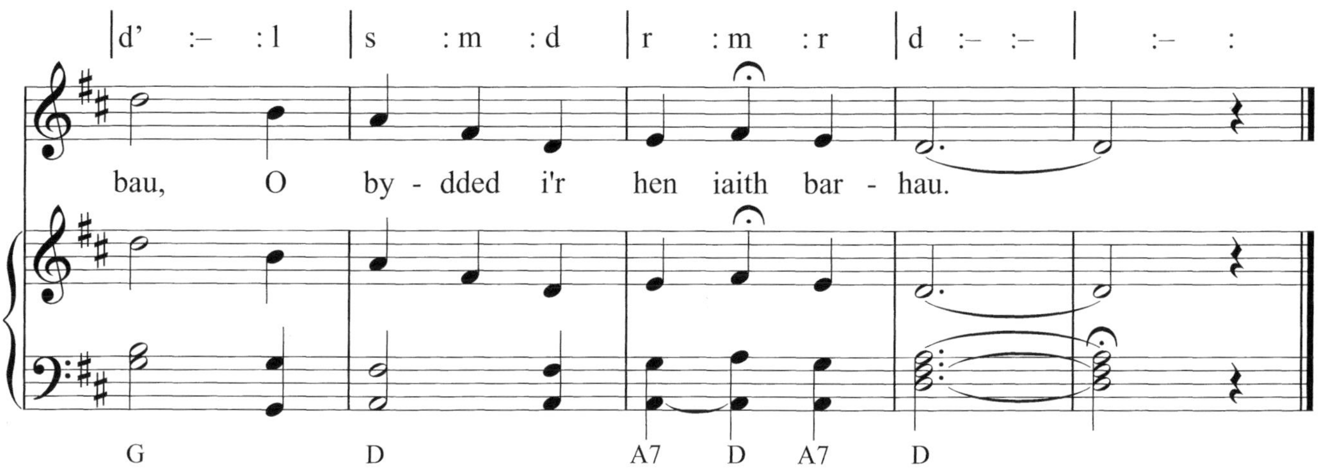

1. Mae Hen Wlad fy Nhadau yn annwyl i mi,
Gwlad beirdd a chantorion, enwogion o fri;
Ei gwrol ryfelwyr, gwladgarwyr tra mad,
Dros ryddid collasant eu gwa'd.

Cytgan
Gwlad! Gwlad! pleidiol wyf i'm gwlad,
Tra môr yn fur i'r bur hoff bau,
O bydded i'r heniaith barhau.

2. Hen Gymru fynyddig, paradwys y bardd,
Pob dyffryn, pob clogwyn, i'm golwg sydd hardd;
Trwy deimlad gwladgarol, mor swynol yw si
Ei nentydd, afonydd i mi.

Cytgan

3. Os treisiodd y gelyn fy ngwlad dan ei droed,
Mae heniaith y Cymry mor fyw ag erioed;
Ni luddiwyd yr awen gan erchyll law brad,
Na thelyn berseiniol fy ngwlad.

Cytgan

Evan James

Mynegai